딕스전기

FANTASY FRONTIER SPIRIT
봉사 판타지 장편 소설

딕스전기 3

봉사 판타지 장편 소설

초판 1쇄 찍은 날 § 2014년 9월 19일
초판 1쇄 펴낸 날 § 2014년 9월 26일

지은이 § 봉사
펴낸이 § 서경석

편집부장 § 권태완
편집책임 § 박용서

펴낸곳 § 도서출판 청어람
등록번호 § 제387-1999-000006호
등록일자 § 1999. 5. 31
어람번호 § 제1-1947호

주소 § 경기도 부천시 원미구 부일로 483번길 40 서경B/D 3F (우) 420-822
전화 § 032-656-4452 팩스 § 032-656-4453
http://www.chungeoram.com
E-mail § chungeorambook@daum.net

ISBN 979-11-316-9212-7 04810
ISBN 979-11-316-9163-2 (세트)

봉사 판타지 장편 소설

FANTASY FRONTIER SPIRIT

딕스전기

3

DIX SAGA

도서출판 청어람

CONTENTS

제1장

무조건 반타작이다

DIX SAGA Ω

　함블 요새에서 발생한 기사 하일스 사건은 공주의 수호 기사 스칼렛의 주도하에 축소되고 은폐됐다.

　공주는 하일스의 끔찍한 시체가 뇌리에서 떠나지 않아서 한동안 식사를 하지 못했다.

　그렇다 보니 딕스 역시 공주의 눈치를 보느라 평소보다 적은 양의 음식으로 만족할 수밖에 없었다.

　한참 자라날 중요한 시점에 제대로 먹지 못하고 주변의 눈치를 보는 일은 소년에게는 고역이었다. 그렇다고 이를 내색하자니 일행에서 완전 동떨어진 별난 짓이 될 것 같았다.

　이유야 어찌 되었든 하일스의 몸뚱이를 걸레처럼 만든 건 바로 소년이었으니, 이 상황에서는 그저 입 다물고 있는 것이 최상책이었다.

'나도 그렇게까지 하고 싶진 않았다고!'

저 멀리 눈에 익숙한 산등성이가 보인다.

꿈에서 그리던 그리운 고향의 산등성이였다.

저 산등성이의 오른쪽으로 돌아가면 거기서부터 폐논의 땅이다.

소년은 저 땅에서 나고 자랐지만, 솔직히 고향에 대한 애착은 그다지 없었다.

박봉에 시달리는 아버지, 그럼에도 불구하고 영주와 영지 일이라면 물불 가리지 않는 깊은 충성심으로 무장한 고지식한 남자.

이런 무심한 남편 덕분에 자식들 뒷바라지하느라 늘 부지런을 떠시던 가엾은 어머니와 그런 어머니의 마음을 유일하게 알아주며 집안 살림에 도움이 되고자 영주관에서 하녀로 일하던 착실한 누나의 고생을 옆에서 지켜본 소년에게 폐논은 잘난 주인집에 불과했다.

솔직히 말해서 딕스는 아버지나 형제들에 대한 마음보다는 어머니와 누나에 대한 연민과 사랑이 더 컸다.

아버지나 형제들은 제 삶을 스스로 선택했지만 어머니와 누나는 그렇지 않았다.

딕스는 가족에 의해 강요된 삶을 살고 있는 어머니와 누나가 못내 안타까웠다.

그러니 혹시라도 일이 터진다면 소년은 우선적으로 어머니와 누나를 구출할 생각이었다.

그런 일은 없어야겠지만, 어쩔 수 없는 상황에서 선택하라면.

덜거덕 덜거덕.

일국의 심장을 수도라 부르고, 영지의 심장을 주도라고 부른다.

페논 남작 영지의 주도는 켄야다.

공주 일행은 황혼을 등지고서 영지의 심장 켄야에 도착했다.

도착하기에 앞서 기사 한 명을 보내어 공주의 방문 사실을 알렸기에 일행은 마중 나온 영주의 환대를 받으며 곧바로 영주관으로 향했다.

딕스는 마중 나온 무리에서 아버지를 찾아보았지만 찾을 수 없었다.

장거리 외근이 잦은 분이니 그럴 수 있겠다 싶었다.

'영지의 분위기나 나를 바라보는 사람들의 시선은 그리 나쁘지 않은 것 같은데.'

자신의 집안에 문제가 발생했다면 사람들이 분명 어떤 식으로든 낌새를 풍겼을 것이다.

이를 예의주시하고 있었던 딕스는 사람들에게서 그러한 기미를 눈치챌 수 없었다.

그렇다면 자신이 우려한 큰형의 고향 방문은 별일 아닐 수도 있었다.

기쁘면서도 한편으로는 이곳까지 오는 동안 겪었던 액(?)을 생각하니 화도 치밀었다.

'그래도 다행이지.'

길 좌우로, 자의든 혹은 타의에 의해서든, 어쨌든 영지의 백성들이 몰려 나와서는 황송한 표정으로 이 땅의 왕족인 공주를 선망의 눈길로 힐끔거렸다.

가족의 평안을 영지의 분위기를 통해서 느낀 소년은 보다 편안한 마음으로 이 상황을 만끽할 수 있었다.

쭉 가다 보니 갈림길이 나온다.

영주관은 직진이고, 딕스네 집은 여기서 우회전을 해야 한다.

마차는 직진을 했지만 소년의 마음은 이 순간 우회전을 하고 있었다.

안타깝게도 지금은 마차에서 몸을 뺄 수가 없었다.

그리움과 조바심을 애써 누르며 소년은 낯익은 영주관에 도착했다.

"이쪽으로 오시지요, 공주님."

토르네 데 페논, 이 땅의 영주이자 가련한 기러기 아버지다.

영주로서 그의 평판은 그리 나쁘지 않았지만, 그렇다고 굉장히 좋은 편도 아니다.

그저 무난하다는 말이 딱 들어맞는 인물이었다.

딕스는 영주라는 저 남자를 그리 좋아하지 않았다.

그는 겨우 먹고살 수 있는 금액으로 자신의 아버지를 막 부려먹고 있었다.

이전에는 이를 인식하지 못했지만 수도에서 생활하다 보니 자신의 아버지가 실은 박봉에 시달리고 있었음을 알게 되었다.

토르네 남작은 공주와 함께 온 딕스를 보았지만 말할 기회를 얻지 못했다.

그저 눈인사를 던지면서 과장된 친근감을 드러낼 뿐이었다.

영주관의 하녀들이 공주와 일행이 머물 방으로 안내했다.

딕스는 하녀 무리에서 누나를 찾았지만 찾을 수 없었다.

'집에 있나? 아님, 내 말대로 관뒀을까?'

하녀를 따라가던 공주가 잠시 걸음을 멈추더니 딕스를 돌아보았다.

그러자 주변의 모든 시선이 소년에게로 쏟아졌다.

"집에 다녀오도록 하세요, 딕스 경."

주변에 사람들이 있다 보니 공주는 소년의 체면을 세워주었다.

공주가 소년을 존중해 주자 페논 영주 이하 관리와 일꾼들이 깜짝 놀라며 다들 새삼스럽게 딕스를 바라보았다.

딕스는 자신의 처지를 생각해 은혜를 베풀어준 공주의 마음 씀씀이에 진심으로 감동했다.

이러한 마음이 그의 목소리에 절절이 뱄다.

"감사합니다, 공주님."

인자하고 따뜻한 미소를 머금은 공주의 고품격 눈길이 패트릭에게로 향한다.

"패트릭 경."

"예, 공주님."

"딕스 경의 경호를 맡아주세요."

기사 하일스의 스파이 사건 이후로 패트릭은 자신을 더욱더 채찍질했다.

그는 조금의 빈틈도 자신에게 허용하지 않았다.

딕스는 이 점이 안타까웠지만 패트릭의 생각을 만류할 수는 없었다.

어쨌든 그는 공주의 안위를 책임져야 하는 호위대의 총책임자였기 때문이다.

그리고 솔직히 말해서 제2의 기사 하일스가 있을지도 모른다는 생각을 하고 있었다.

그러니 패트릭의 마음가짐은 한편으론 안 되어 보였지만, 다른 한편으론 든든하기도 했다.

패트릭은 공주의 곁을 잠시라도 떠나 있어야 한다는 상황이 걱정스러웠다.

잠시 생각하던 패트릭은 마지못한 표정으로 승낙했다.

"그리하겠습니다."

패트릭은 자신의 짐을 동료 기사들에게 맡긴 뒤 딕스와 함께 영주관을 나섰다.

두 사람은 걸어서 움직였다.

정문 경비병 한스를 비롯한 병사들이 두 사람을 향해 깍듯이 경례를 붙인다.

10개월, 아니, 11개월 전만 해도 어찌 이런 정중한 경례를 저들에게서 받을 것이라고 딕스가 상상이나 했겠는가.

"오랜만이에요, 한스 아저씨."

"오, 오랜만입니다!"

"긴장 푸세요, 고향 사람인데. 헤헤."

"감, 감사합니다."

말은 그리하나 한스의 표정과 몸은 여전히 뻣뻣했다.

하긴 공주의 일행이자 그녀와 함께 마차를 타고 온 딕스에게 시골 사람인 그가 이처럼 반응하는 것은 당연하리라.

이래서 사람은 출세하고 볼 일이다.

"한스 아저씨, 제 아버지 외근 나가셨어요?"

페논은 봄과 가을, 1년에 두 차례 몬스터 토벌을 하곤 했다.

이 시절의 영지의 군인 가족들과 기사의 가족들은 하루하루를 걱정으로 밤을 지새우곤 했다.

딕스네의 사정 역시 마찬가지였다.

소년이 기억하기로 이맘때에는 몬스터 토벌이 없었다.

그렇다면 이유는 하나이리라.

패트릭의 눈치를 슬쩍 살핀 경비병 한스가 조심스럽게 말한다.

"서인트 숲에서 오크 부락이 발견되었다는 약초꾼들의 제보가 있었습니다. 그래서 로버트 기사님께서 이를 확인하기 위해서 가셨습니다. 오늘로 삼 일째입니다, 딕스 님."

서인트 숲은 페논에서 가장 넓은 숲이며 큰 산과 연결되어 있는 곳이다.

페논의 골칫거리인 몬스터들은 보통 이곳을 현관문처럼 이용하곤 했다.

얼핏 들으면 큰일처럼 들릴지 모른지만 이곳 토박이들에게 있어 이는 단순한 영지 순찰 정도의 의미에 불과했다.

"그렇군요. 고맙습니다, 한스 아저씨."

한결 마음이 놓인 딕스는 곧장 집으로 부지런히 다리를 놀렸다.

오랜만에 본 고향의 풍경이었지만 변한 건 정말 하나도 없었다.

세월이 고향집만 비켜간 듯했다.

씩씩하게 걸음을 놀리는데 저 앞에서 왁자지껄 떠들며 이

쪽으로 다가오는 한 무리의 남녀 아이가 보인다.

그중에서도 유독 딕스의 눈에 쏙쏙 들어오는 소년 소녀가 있었으니, 사내애는 한창 순진하던 시절의 딕스를 자주 괴롭혔던 잭슨이란 녀석이었고, 여자애는 소년의 순정을 무참히 짓밟았던 고약한 계집애였다.

다 한때의 이야기라지만 이들을 보자 딕스는 치기가 돋았다.

딕스는 자신의 관복을 의도적으로 탁탁 털어대면서 저들의 시선을 끌었다.

그의 앞서 행동은 자랑질을 위해서 밑밥을 깐 것이었다.

"쯧쯧, 그 나이 먹도록 아직도 패거리나 지으며 돌아다니다니. 잭슨, 철 좀 들어라."

페논에서 딕스의 위상은 크게 높아졌다.

그가 이미 공왕으로부터 작위를 하사받아 귀족이 되었다는 소문이 한바탕 파다하게 퍼졌었다.

때문에 잭슨과 그 패거리는 딕스를 보자마자 잔뜩 위축되어 있었고, 릴리는 지난 일을 다시 한 번 후회하는 중이었다.

"아, 안녕… 디… 딕스… 님."

상대는 귀족이 되었다고 하지 않던가! 그러니 그를 어찌 불러야 할지 난감했던 잭슨은 말을 더듬거렸다.

그리고 그 옆에서 고개를 푹 숙인 채 한숨만 푹푹 내쉬는 릴리.

두 아이의 초라한 행색을 보자 딕스는 갑자기 흥미가 뚝 떨어졌다.

발밑으로 지나가는 개미를 보고서 흥분한다면 그게 정상일까? 비정상일까? 사람을 한낱 미물에 비교하는 것 자체가 교만이자 오만일 수 있겠으나, 지금은.

자신을 돋보이고 싶은 마음이 싹 가셔 버린 딕스.

"잭슨."

"예……."

"애들이랑 사탕이나 사 먹어라."

딕스는 고향 친구들을 위해 5실버를 내놓았다.

5실버면 500쿠론이다.

이 돈이면 저 아이들 모두 배터지도록 사탕을 먹을 수 있었다.

다들 어안이 벙벙한 얼굴로 큰돈을 선뜻 쾌척한 소년을 보았다.

아이들의 얼굴에는 어느새 동경과 경외심이 가득하다.

한때 이 무리와 딕스는 피 터지게 싸운 바 있었다.

초반엔 딕스가 주로 당하는 편이었고, 중반엔 평수를 이루었으며, 후반에는 쥐 잡듯이 녀석들을 잡아댔다. 그러니 결코 반가운 고향 동무 사이는 아니었다.

딕스의 배포에 모두가 석상처럼 굳어버렸다.

그 모습을 무덤덤하게 바라보던 딕스는 집으로 발걸음을 옮겼다.

사실 아이들이 자신을 바라보는 모습에 딕스는 패트릭만 없었다면 배를 잡고 데굴데굴 구르며 웃었을 것이다. 돈 쓰고도 이렇게 기분 좋아 보기는 머리털 나고 처음인 소년이었다.

"딕스? 너, 딕스니!"

골목 모퉁이를 막 돌아 나올 때였다.

그리운 목소리가 소년의 귓전을 때렸다.

"어, 엄마!"

좋은 옷 사 입으시고, 맛나고 영양가 좋은 음식 사드시라고 용돈을 넉넉히 보내 드렸건만 본인을 위해서는 단 한 푼도 쓰지 않은 것 같다.

변화라곤 하나도 찾아볼 수 없는 어머니의 검소한 모습에서 딕스는 자신도 모르게 감정에 겨워 울컥한다.

낡고 초라한 고향집.

곳곳에 추억이 묻어 있었기에 오히려 그 초라함이 더욱더 따뜻하고 포근하다.

"밥은 잘 먹고? 잠은 잘 자고? 어디 아픈 데는 없고?"

메들린은 막내아들에게서 잠시도 시선을 거두지 않은 채 그의 작은 머리통에서 손을 떼지 않고 연거푸 안부를 묻고 있었다.

그녀의 옆에서 이를 지켜보는 소년의 누나 미리아 역시 내내 환하게 웃는다.

조바심에 전전긍긍했던 딕스는 어머니와 누나가 이처럼 무사하자 기쁘면서도 한편으로는 눈시울이 붉어졌다.

다정하게 자신을 바라보는 두 사람에게 소년은 페논이란 울타리 너머 멋지고 편리한 세상을 안겨주고 싶었다.

자신이 그랬던 것처럼 어머니와 누나도 그걸 경험하면 분명 좋아하실 텐데.

그러자면 두 사람을 불러올릴 명분이 될 집이 필요하다.

딕스가 무리해 가면서까지 수도에 집을 구하려고 한 이유는 바로 어머니와 누나를 불러올 수 있는 명분으로 집만큼 완벽한 것이 없었기 때문이었다.

'제길, 두 달 치 월급이 날아갔으니 계획이 더 늦어지겠구나.'

사시사철 따뜻한 물이 콸콸 나오고, 땔감이 없어도 난방이 되며, 온갖 다양한 먹거리를 언제든 마음대로 맛볼 수 있는 곳.

물론 돈이라는 수단이 있어야만 그 모든 걸 향유할 수 있지만 소년은 두 사람이 편안히 살게 할 자신이 있었다.

당장은 견습 마법사의 신분을 숨겨야 하지만 1, 2년 후에 이를 밝히면 월급도 오르고 고수익의 아르바이트도 할 수 있다.

"나 키 컸어, 엄마. 그리고 이 피부 봐봐. 수도에서는 이 피부를 꿀 피부라고 불러. 부의 상징이지, 헤헤. 에고, 근데 우리 엄마는 안 본 사이에 더 늙어버렸네. 역시 엄마도 도시물 먹어야 해, 누나도 마찬가지고. 두 사람 다 조금만 고생해. 내가 열심히 저축해서 수도에 집 장만할게. 안 온다는 말은 하지 마. 아빠는 아빠고, 엄마는 엄마야. 언제까지 아빠 때문에 고생할 거야?"

"그래, 그래. 내 새끼. 잘 먹고 잘 잔다니 다행이구나. 힘든 건 없고?"

눈시울을 붉히며 거적때기 구질구질한 소매에 눈을 비비시는 어머니. 그 모습을 보자 당장 어머니를 모셔가서 최고급 옷을 열 벌, 아니, 백 벌쯤은 사드리고 싶었다.

어머니⋯ 어머니, 내 소중한 어머니, 보고 있기만 해도 눈물이 나오는 소중한 어머니.

구멍이 뻥 뚫린 듯한 그 기분을 간신이 억누르면서 딕스는 애써 표정을 밝게 한다.

"힘든 거 없어. 힘든 일은 내 전담 시녀가 다 알아서 해줘. 난 그냥 열심히 수련만 하면 돼. 수련 안 힘드니까 그런 표정 하지 마. 고생하는 건 내가 아니라 큰형이랑 작은형이지, 킥킥. 내가 요즘 두 형 뒷바라지하느라 이 나이에 주름살이 생긴다니까. 아, 농담이야. 농담이라니까, 엄마. 형들도 아주 잘 먹고 잘 지내."

형들을 걱정하는 어머니의 표정을 보자 딕스는 화들짝 놀라 급히 정정했다.

작은형이 최근 육체적으로 빡세게 보내고 있지만 그건 형이 자초한 일이지 자신의 책임이 결코 아니다. 여자한테 푹 빠져서 학업을 등한시했으니 동생 된 도리로 형의 장래를 위해 눈물을 머금고 특단의 조치를 취한 것뿐이다.

차마 이 말은 어머니에게 할 수 없었다.

들으시면 마음만 아파하실 테니까.

그나저나 큰형 테일이 고향에 오지 않았다고 한다.

자신보다 일찍 출발한 형이다.

그것도 단신으로 출발한 큰형이 지금까지 도착하지 못했을 리 없다.

그렇다면 중간에 무슨 문제가 발생했거나, 아니면 고향으로 내려간다는 편지는 핑계이지 싶다.

무엇이 됐든 위험한 것이 아니었으면 좋겠다.

소년은 이렇게 자위하며 애써 자신의 마음을 추슬렀다.

불편한 자신의 마음이 어머니와 누나에게 들킬 것 같아 불안한 소년의 웃음소리가 더욱더 커진다.

"그렇다면야 다행이다만…… 딕스야."

"응."

"네가 형들보다 먼저 자리를 잡았으니까 힘들더라도 형들을 돌봐주지 않으련?"

"걱정 마, 형들이 어디 남인가? 다 내 피붙이들이잖아. 내가 다른 건 몰라도 내 식구 챙기기는 잘해, 히히."

옆에 있던 미리아가 갑자기 생각난 게 있는 듯 손뼉을 치며 말한다.

"딕스야, 너 편지 보냈잖아."

"아! 맞다, 왜 답장 안 했어? 집에 무슨 일 생긴 줄 알고 얼마나 놀랐다고!"

도시에 들를 때마다 소년은 마도의 탑 통신소에 들러서 꼬박꼬박 사서함을 확인했었다. 하지만 매번 사서함은 비어 있었고 이것이 고향으로 내려오는 내내 소년을 불안하게 만들었다. 잘 있다는 단문의 편지라도 써주면 어디 탈이라도 난단 말인가.

그동안 끓인 속을 생각하자 울컥했지만 상대가 어머니와 누나이기 때문에 그는 이를 꾹 눌러 참았다.

"그게, 그 사람 말이 통신소 사서함 이용하면 수신자가 비싼 돈을 지불해야 한다잖아. 엄마가 그걸 알고는 그냥 인편으로 편지를 부쳤어."

아! 이런 진실이 숨어 있었다니.

어머니의 알뜰한 성격을 생각하면 충분히 납득할 수 있다.

집 안에 돈을 산처럼 쌓아놓고 있더라도 다 떨어진 옷을 입고 다니실 분이 자신의 어머니가 아니신가.

소년은 수수료 이야기를 꺼내 어머니를 주저하게 만든 자를 속으로 저주했다.

"휴우, 그랬구나. 엄마."

"응."

"돈 걱정 말고 앞으로는 내 사서함 이용해. 집에 무슨 일이 생겼나 걱정하며 이렇게 달려오는 게 돈 더 많이 들어. 그러니까 약속해! 안 하면 나 하루에 한 끼밖에 안 먹을 거야. 내 성격 알지, 나 한다면 하는 놈인 거."

어머니의 손을 잡고서 진심에서 우러나오는 협박(?)을 한다.

여전히 손이 거칠거칠하신 것을 보니 낡은 물레를 아직도 매일 밤 돌리시나 보다.

마음이 송곳에 찔린 듯 몹시 아프다.

"밥은 꼭꼭 챙겨 먹어, 내 약속할 테니까. 절대 굶으면 안 된다. 아들."

어머니의 말에 소년은 고개를 끄덕이며 크게 웃었다.

웃는데 왜 눈꼬리에 눈물이 걸리는 걸까? 옆에 있던 소년의 누나가 갑자기 입을 삐죽인다.

"근데, 막내야. 선물 없냐? 잘나간다는 녀석이 고향에 오면서 빈손으로 오다니."

딕스는 한숨을 푹푹 내쉰다.

그리고 해서 어찌 빈손으로 오고 싶었겠는가.

"미안, 다음에… 멋진 걸로 보내줄게. 옷, 장신구? 말만 해."

예지몽에서 위기에 처한 자신을 위해 서슴없이 몸을 날리던 누나의 모습이 아직도 눈에 선하다.

어찌 그런 누나를 위해서 돈을 아끼겠는가.

얼마든지, 아니, 적당히 뜯어먹어도 달갑게 받아들일 수 있다.

여기서 중요한 건 역시나 '적당히' 다.

"됐어, 우리 막내 건강한 모습 보니까 이 누나가 이제 마음이 놓인다."

어머니와 누나의 따뜻한 눈빛에 딕스는 달궈진 프라이팬에 오른 버터가 된 기분이었다.

마음에 걸리는 건 딱 한 명…….

'큰형… 진짜 어디서 뭐하는 거야!'

딕스는 가족들이 무사한 걸 확인한 후에야 패트릭과 함께 토르네 남작이 개최한 만찬에 참석했다.

나름 열심히 준비한 듯 만찬장의 음식은 훌륭한 편이었다.

산골 영지의 형편을 고려하면 제대로 무리한 것도 같았다.

이 만찬에 참석한 딕스는 공주 못지않은 귀빈 대접을 톡톡히 받을 수 있었다.

만찬이 파한 후 집으로 돌아가는 딕스에게는 전에 없던 보따리가 들려 있었다.

어머니와 누나가 좋아하는 음식들만 골라 담은 것이다.

물론 사회적 체면과 신분이 있는 그가 직접 담지는 않았고 영주관의 집사에게 언질만 했다.

똑똑.

"공주님, 저 딕스입니다."

고향에 왔으니 집에서 묵는 게 당연하지만 일단 공주에게는 말을 해놓는 게 예의였다.

시녀장 루시가 문을 열어주며 소년을 맞는다.

방 안엔 딕스가 생각하지 못한 의외의 인물이 앉아 있었다.

'패트릭 기사님이 왜?'

의아했지만 그 이유를 묻지는 않았다.

그러고 보니 이 일행에 자신이 더 남아 있을 이유가 없다.

공주는 공왕의 명을 받아 동북부 지역을 순찰해야 한다.

그녀가 페논에 들른 것은 오로지 자신을 위해서였다.

새삼 공주에 대한 고마움이 치민다.

부드러운 눈빛과 미소를 띠며 공주가 딕스를 보면서 말한다.

"집에 갈 건가요, 딕스 경?"

패트릭을 의식한 공주는 딕스에 대한 호칭과 말투에 신경 써주었다.

그녀의 배려 덕분에 소년은 만찬 내내 영주와 관료들 앞에서 목에 힘을 줄 수 있었다.

그 때문에 목이 좀 뻐근하다는 것은 잊어버리도록 하자.

"예, 공주님."

"딕스 경, 우린 내일 아침 떠나기로 했어요."

사실 딕스는 그녀를 따라갈 필요가 없다.

그저 고향에서 며칠 쉬다가 바로 수도로 가면 된다.

페논의 영웅으로 대우받는 소년의 안전이야 영지에서 협조할 테니 문제될 건 없었고, 공주도 이 점은 걱정하지 않는다.

하지만 공주의 어감에선 소년과 함께하고 싶은 마음이 느껴진다.

그녀의 마음을 알아챘지만 딕스는 이를 외면했다.

'공주님, 죄송해요. 진짜 죄송한데 공주님을 따라다니는 건 영… 피곤해요.'

오랜만에 만난 어머니와 누나다.

고작 하룻밤을 지내고 떠난다면 그들도 그렇지만 자신도 마음이 좋지 않을 것이다.

더욱이 아버지를 못 보고 간다는 점도 내심 걸린다.

"그럼 오늘 밤이 마지막이겠군요."

노골적으로 내켜하지 않는 딕스의 태도에 공주의 표정이 눈에 띄게 어두워진다.

소년은 그녀의 표정을 보는 게 곤혹스러워 고개를 슬쩍 돌렸다.

"하긴 오랜만에 고향에 내려왔으니…… 알겠어요, 경의 뜻. 내 토르네 남작에게 청해 경의 호위를 부탁할 테니 고향에서 푹 쉬다 올라가도록 해요."

"감사합니다, 공주님."

이럴 땐 냉큼 나가는 게 상책이다.

하지만 그녀를 보고 있으니 자꾸 마음이 무거워진다.

대충 인사를 한 딕스는 공주의 방을 나왔다.

"딕스 경."

공주의 수호 기사 스칼렛이 소년을 따라 나왔다.

"……?"

"나와 이야기 좀 하지."

"그러시죠."

마차를 타고 이동하는 멤버 중 불편한 한 명을 꼽으라면 단연 공주의 수호 기사다.

그러니 자연스럽게 표정 관리가 힘들어진다.

두 사람은 영주관 뒤뜰로 나와 적당한 곳에 자리를 잡고 앉았다.

스칼렛이 용건을 말한다.

"공주님은 딕스 경을 신뢰하고 있어요. 그건 본인도 잘 알겠죠."

"…예."

모르면 바보다.

그런데 이 여자는 갑자기 왜 이런 말을 하는 걸까? 설마 내일 오라는 걸까? 제발 아니기를.

"난 공주님이 당신을 데려간다고 했을 때 반대했어요. 당신을 짐이라 생각했기 때문이에요. 하지만 나의 생각은 하일스를 상대한 딕스 경의 실력을 보고 바뀌었어요. 소드익스퍼트를 잡는 견습 마법사라……. 당신은 무척이나 놀라운 일을 해냈죠, 딕스 경."

"말씀하십시오."

"함께 갑시다."

툭툭 내던지는 말투만 보면 정말 멋대가리 없는 여자다.

하긴 스칼렛을 보면 여자라는 느낌보단 '검 좀 쓰겠구나'라는 생각이 먼저 든다.

그러니까 지금 소년은 한 자루 검 같은 여자에게 동료로써 인정을 받고 있는 셈이었다.

엄청 곤란하다.

거부할 수가 없다.

스칼렛의 제의에 딕스는 이러한 감정부터 먼저 들었다.

왕궁에서 쭉 생활해야 하는 입장에서 그녀의 청을 딱 잘라 거절했다간 두고두고 편치 않을 것이다. 어린아이를 상대로 쪼잔하게 복수 따위나 할 사람은 아니지만, 사람 마음은 모르는 법이다.

이럴 때는 어쩐다?

"제가 짐이 되지 않는다니 감사합니다. 그렇다면 기쁜 마음으로 가겠습니다."

마땅히 점수를 따야지.

스칼렛의 입가에 흡족한 미소가 걸린다.

자리에서 일어선 그녀가 딕스를 향해 악수를 청한다.

활짝 웃으며 딕스는 그녀의 손을 맞잡았지만 그의 속은 울고 있었다.

1년 만에 본 어린 아들을 겨우 하룻밤 재워 보내는 여인의 마음이 무겁다.

그런 어머니를 바라보는 아들의 마음 역시 편치 못하다.

딕스는 어머니와 작별을 고한 뒤 누나 미리아를 따로 불러내어 큰형 테일의 소식을 알면 재깍 연락해 달라고 신신당부했다.

의미심장한 그의 말에 미리아는 불안함을 품지 않을 수 없었다.

소년은 자신이 고향에 내려온 배경에 대해서 솔직하게 누나에게 설명했다.

놀란 미리아는 잔뜩 굳은 얼굴로 약속했다.

단단히 약속을 받아낸 딕스는 20골드를 누나에게 쥐어주었다.

"이건 비상금으로 가지고 있어."

금액을 확인한 미리아는 놀라지 않을 수 없었다.

"딕스, 이건 너무 많아."

"누나 주는 거 아니거든? 갖고 있다가 엄마랑 아버지께 필요한 물건이 있으면 사드려. 엄마한테 돈 줘봐야 아까워서 쓰지 않으실 게 뻔하잖아. 그리고 누나도 필요한 거 있음 사."

"녀석, 이리 와봐라. 이 누나가 한번 안아보자."

막냇동생의 마음 씀씀이에 미리아는 가슴이 뭉클해 그를 꼭 끌어안아 주었다.

떠나기 전에 또 한 가지, 소년은 누나에게 후일 자신이 부르면 무조건 어머니를 모시고 수도로 오라며 신신당부했다.

누나는 아버지는 어쩌냐고 물어보았지만 아버지의 성격을 아는 이상 소년은 차마 아버지도 함께 모시고 오라는, 그녀의 능력 밖의 말은 할 수가 없었다.

떨어지지 않는 다리를 겨우 놀려 영주관에 도착한 딕스는 토르네 남작에게서 용돈을 받았다.

어른이 주시는 걸 거절하면 싹수없다고 욕을 먹는다. 이는 정상적인 어린아이라면 사양해서는 안 된다. 그래서 딕스는 일단 주는 걸 받아 챙겼다.

그래도 혹시 모를 불미스러운 일을 염려해서 그는 이 사실을 공주에게 사실대로 고했다.

돈을 돌려주라는 말을 듣는다면 속은 쓰리겠지만 돌려줄

의향도 있었다.

기쁘게도 공주는 그에게 받은 돈을 돌려주라는 말을 하지 않았다. 아니, 도리어 그녀는 반으로 나눠 갖자고 말했다.

소년은 진심으로 공주의 말을 농담이라 생각했다. 그런데 진짜로 그녀는 동전 하나까지 반으로 나누었다.

쪼잔한 공주다. 벼룩의 간도 뽑아 먹을 비정한 여자다.

"딕스."

공주의 부름에 소년은 뚱한 표정으로 대답했다.

"예."

"수익을 창출해 보자."

기분이 좋아질 것 같은 촉이 온다. 지금 공주는 소년의 그 촉을 자극하고 있다.

찌릿찌릿.

"그게 무슨 말씀이신지……?"

"내 오늘과 같은 자리를 많이 만들 터이니 딕스 경은 본 공주를 위해 노력하라, 킥킥."

"공주님… 그거 불법이지 않나요?"

공주가 자신을 앵벌이계로 데뷔시키려 한다.

기분 나쁘냐고? 아니, 엄청나게 설렌다.

두근두근.

"아니지, 그건 미덕이야."

아, 이런 멋쟁이 공주님을 보았나.

'공주님… 제가 목숨을 걸고 공주님을 보필하겠습니다.'

좀 전의 반타작은 깔끔하게 머릿속에서 지워 버리는 소년이다.

"공주님, 다음 코스는 어디죠?"

두 눈을 반짝이며 살랑살랑 꼬리를 흔드는 소년.

그 모습이 귀여운지 공주는 까르르 넘어간다.

그러나 저 웃음도 사람들 앞에서는 도도하고 위엄 있는 모습으로 변신한다.

고귀한 왕족의 포스!

"이럇!"

두두두두두.

두 사람은 벌판을 시원하게 내달렸다.

대륙력 4244년 4월 13일 오전 8시 30분.

후일 한 위대한 마법사는 자신의 전기에 이날을 회상하면서 짧은 글을 남겼다.

난 그날 세상에서 가장 눈부신 여자를 보았다!

*   *   *

엘리자베스 공주의 공식 일정은 내내 딕스의 기쁨이었다.

동부로 오면서 겪었던 다사다난했던 일들이 오늘을 위한 영양가 있는 밑거름이라는 생각이 들 정도였다.

아무리 먹어도 질리지 않는 것이 있다.

그것은 동그랗고 노란 돈이었다.

돈이 많을수록 불행하다는 사람이 간혹 있다.

소년은 그 말을 한 이들의 뇌 구조가 진심으로 참으로 궁금했다.

돈이 많아서 불행할 일은 절대 없다.

돈이란 없어서 불행한 것일 뿐이다.

필시 이 돼먹지 않은 말을 명언이랍시고 남긴 작자는 부자에게 열등감을 갖고 있던 매우 비겁한 가난뱅이가 틀림없으리라.

'아~! 행복해라.'

비 온 뒤에 땅이 굳어지고 시련을 이겨낸 자만이 영광을 얻는다.

최근 들어 딕스는 이 말에 깊이 공감하고 있었다.

물에 빠져 죽을 뻔한 일? 당시는 오줌 지리게 무서웠지만 지나고 보니 멋진 추억이다.

하일스가 자신을 죽이려 했던 일? 지금도 오금이 저리지만 승리자로서 되돌아보니 대대손손 자랑할 만한 훈장과 같은 일화가 아닌가.

이 나이에 그 누가 자신과 같은 다양하고 다부진 경험을 하리오.

"반갑습니다, 고객님. 리튜리우스 마도의 탑에 오신 걸 환영합니다."

뮬 공국 최동단에 위치한 성곽 도시 리튜리우스는 아리온스 왕국을 견제하기 위해 세워졌는데 평화로운 지금은 교역 도시로써의 역할을 톡톡히 해내고 있다.

리튜리우스는 공왕 직할지로 왕실 재정의 상당 부분을 채워주고 있는 고마운 곳이다.

"예, 수고하십니다. 헤헤."

지위 고하를 막론하고 사람을 무시해선 안 된다.

적어도 겉으로 그러한 티를 내면 바보다.

때문에 소년은 자신보다 아래인 사람들을 무시하지 않고 오히려 더 친절하게 대한다.

소소한 그 행위에도 그들은 놀라울 만큼 크게 감동한다.

아닌 녀석들도 있지만 소년이 경험한 바에 의하면 80%는 친절한 자에게 호감을 보인다.

먼지도 모이면 산이 된다. 기억도 못 하는 이 사소한 인연들이 후일 어떤 보답을 할지 누가 알겠는가!

자고로 씨는 가능하다면 최대한 뿌려두어야 하는 법이다.

싱긋.

소년은 가식 없는 안내인의 미소를 보았다.

다른 이들은 그녀의 제대로 된 미소를 받지도, 알아보지도 못할 것이다.

하지만 저 안내인의 마음을 소년은 공감하고 있다. 소년은 안내인을 향해 진심으로 웃어주며 내부로 들어간다.

어떤 지역이든 마도의 탑 내부는 이렇다 할 만한 개성이 없었다.

전체적으로 같은 구조와 분위기를 지니고 있다.

이곳을 자주 이용하는 자들에게 있어 이러한 몰개성은 어느 순간부터 편안함으로 다가온다.

마치 매일 출근하는 자신의 사무실을 전국에 개설한 것처럼 말이다.

딕스는 은행에 먼저 들렀다.

눈 감고도 은행 내부에서 원하는 곳을 쉽게 찾아갈 수 있다.

공주의 공식 일정이 시작됨과 동시에 딕스의 은행 출입도 잦아졌다.

공주와의 합작을 통해 벌어들인 용돈을 입금하기 위해서다.

통장의 잔고를 확인할 때마다 소년은 행복해서 미쳐 버릴 것만 같았다.

즐거운 마음으로 입금을 끝낸 소년은 곧 동일 건물 내 위치한 통신소로 향했다.

소년이 마도의 탑에서 유일하게 눈 감고 찾아갈 수 있는 매장이 바로 이 두 곳이다.

"사서함 확인 부탁합니다."

"예, 잠시만 기다려 주세요."

자리에서 일어선 직원이 확인을 위해 문 안으로 들어간다.

딕스는 직원이 나올 때까지 주변을 둘러보며 기다렸다.

마도의 탑을 이용하는 자들은 소위 말해서 '가진' 자들이다.

이곳은 상대의 신분 따위 따지지 않는다.

이들이 중요하게 여기는 부분은 오로지 상대의 호주머니 사정이다.

이윽고 문밖으로 나온 직원의 손에 봉투가 보인다.

"한 건의 우편물이 있습니다. 이 우편물을 수령하신 후 보관과 삭제를 결정해 주십시오."

직원이 건넨 편지는 발신자가 작성한 것이 아니다.

사서함의 운영 방식은 이렇다.

발신자가 수신자의 사서함에 편지 내용과 음성이란 두 가지 방법 중 하나를 선택한 뒤 남기면 이것이 통합사서함관리부에 보관되었다가, 사서함 개설자가 열람을 요청하면 요청지의 통신소 직원이 관리부에 연락을 한 뒤 그 내용을 받아 적는다.

소년에게 건네진 편지는 이러한 경로를 거친 것이다.

소년은 삭제에 체크한 뒤 고객 휴게실로 들어갔다.

안에 아무도 없는 것을 확인한 후 편지 내용을 읽는다.

'큰형이 사라지기 전에 만난 사람이 데일, 그 개새끼라니!'

큰형의 행방불명이 장기화되자 소년은 큰맘 먹고 고급 탐정을 고용했다.

당연히 인건비와 활동비가 만만치 않게 든다.

속은 쓰리지만 그래도 필요한 지출이었다.

지금 이 편지는 소년이 고용한 탐정의 정기 보고서였다.

데일 데 페논이 큰형의 행방불명과 관련이 있다는 간단한 내용이었다.

이 한 가지 사실만으로도 딕스는 바싹 긴장했다.

놈은 제 자신은 물론 주변까지 불행에 빠뜨리는 전염병 같은 놈이다.

그러한 놈과 연관된 일치고 좋은 일은 결코 없으리라.

큰형의 행방불명……

이 일에 데일, 그 개새끼가 개입되었다!

스멀스멀.

소년의 전신으로 살기가 뻗친다.

"형에게 무슨 일이 생기면… 네놈의 뼈까지 잘근잘근 씹어 먹어버리고 말겠다!"

역시… 인생에 완벽한 행복이란 없다.

관사로 돌아온 딕스는 산책 중에 있던 엘리자베스 공주와 마주쳤다.

그녀는 일정 내내 여러 귀족을 만났고, 백성들의 삶을 살폈으며, 밤마다 연회에 참석하는 강행군을 이어오고 있었다.

오늘로 동부에서의 공식적인 일정이 끝난다.

그래 봤자 절반의 일정이다.

이제 북부로 넘어가면 지금까지 해왔던 일을 또다시 반복하게 된다.

한때 소년은 엘리자베스 공주의 신분이 매우 부러웠었지만 그녀가 일정을 소화해 내는 것을 옆에서 지켜보니 꼭 부러워할 일은 아니라는 생각이 들었다.

'책임감이 강하지 않으면 왕족도 참 못 해먹을 자리인 것 같아.'

가족들의 안위를 돌보는 일만 해도 힘들다.

한데 공주는 이 나라를 돌본다.

자식 때문에 근심하느니 자식이 없는 편이 낫다는 말도 있는데 장차 공주는 만백성의 어머니가 되어야 한다.

배 아파 낳지도 않은 자식들 때문에 애간장 태우며 살아갈 그녀의 앞날을 생각하니 안쓰럽기까지 하다.

그래도 싹수가 있는 군주를 모시는 신하이자 백성의 입장에서는 마음 든든한 것도 사실이다.

데일 데 페논이나 캐넌 드 보리치 같은 자식들이 이 나라의 왕이 된다고 생각해 보라.

'이민 가야지. 그 수밖에 없다.'

공주를 옆에서 지켜본 바로는 저런 인물이 왕이 되어야 한다.

문제는 왕이 될 자질을 충분히 갖춘 이가 여자라는 데 있다.

그것이 그녀의 가장 큰 약점이다.

그녀의 부군이 누가 되느냐에 따라서 이 나라의 운명이 좌지우지된다.

야망을 가진 이에게 공주는 그야말로 잘 차려진 식탁이다.

소위 잘나간다고 자부하는 공국의 젊은 귀족들이 그녀와의 혼인을 꿈꾸고 있었다.

제국의 귀족들 역시 그녀를 탐낸다.

제국의 대표적인 인물은 클라우드 폰 야니스다.

객관적으로 클라우드는 재력, 외모, 학력, 지위, 능력, 명성 등등 외적인 점을 놓고 보면 엘리자베스 공주의 배필로 더할 나위 없다.

클라우드가 진정으로 이 나라와 공주를 사랑해 준다면 공국의 오랜 숙원—왕국 선포—도 당대에 이룰 수 있을지 모른다.

하지만 딕스가 본 클라우드는 이 나라와 공주를 사랑해 줄 사람이 아니었다.

이 점은 엘리자베스 공주도 알고 있고 공왕 전하도 알며 맘

씨 좋은 벤자민 재상도 안다.

공주가 이번에 동북부순찰사를 맡은 이유 중 하나는 클라우드와의 만남을 피하려는 의도도 있었다.

소년은 기억하고 있다.

이전, 공주의 찢어진 옷과 슬픈 얼굴.

클라우드 폰 야니스, 그자가 감히 일국의 공주인 그녀를 무도하게도 겁탈하려고 했다.

그놈은 제국의 데일 데 폐논 같은 놈인 것이다.

이 모든 걸 소년은 최근에야 명확하게 알아차렸지만 자신이 아는 바를 드러내지는 않았다.

어쩔 때는 모르는 게 약이다.

그녀의 처지를 알게 되자 가족 걱정과 더불어 그녀에 대한 걱정까지 하게 되었다.

언제까지나 함께하고 싶은 고마운 동업자, 엘리자베스 공주.

그녀의 불행을 막아주고 싶은 게 소년의 솔직한 마음이다.

'내 주제에 무슨…….'

"은행 갔다 오니?"

요즘 들어서 공주가 웃으면 덜컥 겁부터 나는 소년이다.

소년은 남들을 이용하기 위해 웃지만 공주는 지치고, 힘들고, 슬플 때 웃는다.

그런데 지금 그녀는 환하게 웃고 있었다.

촉이 온다. 자신이 없는 동안 그녀에게 무슨 일이 생겼다.

그러나 소년은 그 이유를 묻지 않는다.

그녀에게 일어나는 일들은 자신이 나서 해결해 줄 수 없는 사안들뿐이다.

"예, 공주님은 식사하셨어요?"

"아직. 너 오면 같이 먹으려고 기다리고 있었지."

"제가 밖에서 먹고 왔음 큰일 날 뻔했네요. 헤헤."

"호호, 난 네가 네 돈으로 뭘 사 먹는 걸 본 적도 없고 들은 적도 없는데."

"제가⋯ 그, 그랬나요?"

"응."

소년 본인은 모른다. 자신의 지출 성향에 대해서.

두 사람은 저택에서 가장 아름다운 정원을 찾았다.

"앉아."

"예, 감사합니다. 그런데 음식이 너무 많지 않나요? 스칼렛 기사님이나 루시 시녀장님과 먹더라도 남을 것 같은데요."

정원 정자에 마련된 식탁엔 네다섯 명이 먹어도 될 만한 양의 음식이 준비되어 있다.

그러고도 더 많은 음식을 차리기 위해 정자 옆엔 임시 화로가 설치되어 있었고 요리사 및 몇 명의 하녀와 일꾼이 대기하고 있었다.

점심을 만찬 수준으로 먹으려는 분위기다.

"패트릭 경과 기사들이 곧 올 거야."

한 식탁에서 일행 전체가 회식하는 경우는 이제까지 없었다.

공주의 식탁에 초대받았던 단골은 딕스뿐이다.

가끔 호위대의 대장인 패트릭이 초대받았지만 손에 꼽을 정도다.

물론 시녀장 루시와 공주의 수호 기사는 예외다.

'그러고 보니 스칼렛 기사님이 안 보이시네?'

공주의 웃음에 너무 집중했나 보다.

그녀를 그림자처럼 늘 지근거리에서 지켜주던 스칼렛의 존재 여부조차 몰랐다니.

이런 일은 흔하지 않다.

"딕스."

"예."

"기사들이 오기 전에 네게 부탁할 게 있단다."

딕스는 공주의 표정을 눈여겨 살폈다.

다른 남자들이 소년처럼 행동했다면 시녀장 루시는 당장에 불호령을 내렸을 것이다.

하지만 루시는 이 소년에 한해서만은 이를 묵과했다.

그저 지나가는 말로 노골적인 시선은 상대에게 실례라는 조언을 남겼을 뿐이다.

이후 그녀의 조언대로 소년은 공주를 빤히 쳐다보는 짓은 하지 않도록 신경 썼다.

그랬는데 지금 소년은 루시가 지켜보는 것도 잊고 똑같은 실수를 반복하고 있었다.

엘리자베스 공주의 지워지지 않는 저 웃음 때문이다.

"마, 말씀하세요."

"새벽에 네 침실로 갈 테니까 자지 말고 기다려 주렴."

뭐지, 환청인가? 소년은 자신이 잘못 들었다고 믿었다.

자신이 그녀의 말동무이긴 하나 그건 그녀의 수행원들이 있는 자리거나, 혹은 그들의 시선이 머무는 장소에 한해서일 뿐이다.

가끔 예외도 있었지만 그 장소와 시기는 문제의 소지가 약한, 왕궁 내 물의 재능자들이 수련하는 호수나 해가 떠 있는 시간대였다.

지금 공주의 말처럼 새벽녘 침실은 아니다.

열세 살로 믿기에는 체구가 작고 왜소하긴 하지만 그래도 명색이 고추 달린 남자다.

더욱이 요즘엔 점점 남자 사람과 여자 사람의 구분이 명확하고 또렷해지고 있었다.

골골하는 팔십 먹은 노인도 거시기만 서면 여자를 찾는다고 하지 않던가.

하물며 성적 호기심으로 골수를 채운 소년에게 공주의 부탁은 공고하던 소년의 정신을 사정없이 붕괴시키는 것이다.

'우린 그래선 아니 되어요, 공주 마마. 힝……'

머리는 아니 된다 하는데 아랫도리는 제멋대로 감동의 눈물을 찔끔거린다.

하지만 공주의 눈빛을 보니 망상이 단칼에 잘린다.

"히, 힘들지만 노력해 볼게요."

일찍 자고 일찍 일어나는 습관을 가진 소년에게 새벽까지 자지 말라는 부탁은 참으로 어려운 일이다.

인간이 가장 견디기 힘든 욕구 중 하나가 수면욕이다.

공주의 부탁을 들어주기 위해 소년은 저녁 식사를 포기하기로 결정했다.

그러자면 점심을 든든히 먹어둬야 한다.

소년은 본격적인 식사를 위해 허리띠를 풀었다.

"저기 사람들이 오는구나. 이 일은 너와 나의 비밀이다. 알겠지?"

"예, 죽을 때까지 함구하겠습니다. 공주님."

여전히 공주는 웃는 얼굴이다.

늘 저 얼굴로 패트릭과 기사들을 맞이한다.

공주를 향한 딕스의 눈빛이 침중하게 가라앉는다.

오늘 새벽을 기점으로 다시 엄청나게 힘들어질 것만 같다.

제법 잘 맞는 소년의 직감이 그리 소리치고 있다.

'무난한 게 좋은 법인데.'

예지몽 이후 일어난 일들을 떠올려 보면 지나치게 극단적이다.

좋을 땐 한없이 좋았다가도 나쁠 땐 기본적으로 목숨을 걸어야 한다.

목숨엔 여벌이란 게 없는데, 한 번 떨어지면 그걸로 끝인데 말이다.

이것이 예지몽에 대한 대가가 아닐까 싶기도 했다.

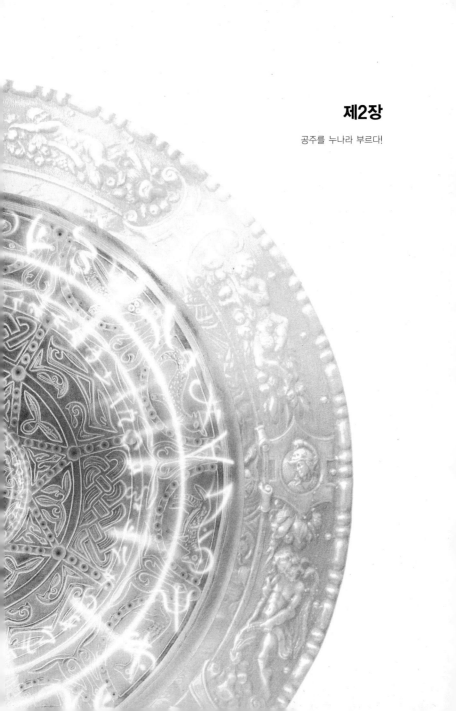

제2장

공주를 누나라 부르다!

초저녁 일찌감치 잠자리에 든 소년은 자정이 조금 넘은 시간에 일어났다.

시계를 확인한 뒤 더 자려고 했지만 웬걸, 졸리기는 한 것 같은데 도통 잠을 이룰 수 없었다.

수면에 도움이 될까 해 침대를 온몸으로 쓸고 다니며 위치 선정(?)에 나섰다.

그럼에도 잘 수 없다.

30분을 뒤척이던 소년은 깔끔하게 잠을 포기했다.

침대 밖으로 발을 디디려고 물장구치듯 양다리를 움직였다.

엉덩이가 조금씩 앞으로 나아가기 시작했다.

조금만 더 하면 발바닥이 푹신한 카펫에 닿을 것이다.

'이게 뭐하는 짓이지?

급작스레 소년은 자신의 행동에 회의를 느꼈다.

그냥 내려가면 되는데 왜 이런 쓸데없는 짓을 하는 걸까?
가끔씩 스스로의 행위에 깜짝깜짝 놀라곤 한다.

제 다리를 바라보는 소년의 표정이 급격하게 침울해진다.

공주는 어제 너무 많이 웃었다.

그 웃음의 이면에 웅크리고 있을 정체 모를 것이 자신을 덮
치려고 한다.

알고 싶지만 한편으론 알고 싶지 않기도 했다.

이랬다저랬다 제 맘이지만 도무지 갈피를 잡을 수 없었다.

다른 열세 살 소년들처럼 무난하게 살고 싶다.

물론 현재 자신이 가진 것들을 포기할 수는 없다.

능력이나 재물, 그 모든 걸 쥐고 무난하게 살고 싶을 뿐이
다.

"젠장, 동전을 양면으로 만든 놈 누구야! 데일, 그 개새끼보
다 더 나쁜 놈일 거야. 쳇!"

최초로 동전을 양면으로 만든 사람 때문에 행운과 불행이
손잡고 오는 게 아닐까? 철없는 생각인 것을 알지만 지금은
누군가를 진심으로 원망하고 싶은 소년이다.

공주가 오려면 앞으로 서너 시간은 더 있어야 할 것이다.

그녀는 무엇을 하고 있을까? 볼 수 없고 들을 수 없지만 있는지 없는지 그 유무는 확인할 수 있다.

공주의 방에 잠입했던 기사 하일스가 걸려들었던 것처럼.

소년은 오메가 핵을 구동시켰다.

마나의 저수지 바닥에 잠들어 있던 오메가 핵이 부상해 마나를 펄펄 끓인다.

물을 지배할 수 있는 소년의 마나는 공주의 방으로 곧장 향했다.

가구와 벽 따위가 어찌 마나의 앞길을 막겠는가.

거침없이 달려간 소년의 마나는 목적지에 도착했다.

방 안에 있는 모든 물들이 소년의 지배하에 들어갔다.

주전자, 화병, 절반쯤 남은 물 잔의 물, 세면대에 떨어진 물기까지 위치와 형태에 상관없이 그 모든 것들이 약속이라도 한 듯 일제히 흔들린다.

수면의 파문은 소리가 없다.

물방울의 흔들림에도 소리가 없다.

소리 없는 이 모든 것들의 움직임은 오직 방 안에서 살아 숨 쉬는 존재를 파악하는 데 주력했고, 이렇게 확인한 정보를 곧장 자신들의 지배자에게 전했다.

'어?

물이 전해온 소식을 받은 소년의 얼굴에 의문이 떠올랐다.

이해할 수 없다는 표정으로 소년은 재차 오메가 핵을 구동시켰다.

조금 전보다 더 강력하게!

공주가 쉬고 있는 실내의 모든 물기를 활성화시켜 자신의 첨병으로 삼고 지배했던 소년.

"…안 계시잖아!"

지금 하고 있는 일은 소년에게 식은 수프 먹기다.

기사 하일스의 사건 이후 소년은 기술을 꾸준히 연마했지만 안타깝게도 이 기술은 그때나 지금이나 발전이 없다.

여전히 상대의 모습을 볼 수가 없었고 상대의 목소리도 들을 수 없었으며 촉감도 마찬가지였다.

그저 그때나 지금이나 존재감만은 확실히 느낄 수 있다.

이러한 능력은 소년이 물의 핵 오메가 본체를 소유했기에 가능한 일이다.

급히 옷을 갈아입은 소년은 방문을 향해 달려 나가 문고리를 반쯤 돌리다 손을 놓았다.

생각해 보니 공주가 그녀의 방에 없다는 게 특별히 이상할 건 없다는 생각이 들었다.

그녀는 새벽에 자신을 찾아오기로 했다.

공주의 출발지가 그녀의 방이 아닐 수도 있는 것이다.

소년은 공주의 수호 기사 스칼렛과 시녀장 루시의 방에도 마나를 보냈다.

두 사람 다 방에 없었다.

아래층 패트릭의 방으로도 마나를 보낸다.

'패트릭 기사님도 없네.'

소년은 고개를 쉬지 않고 갸웃한다.

내친김에 일행의 방마다 마나를 보내보았다.

'어라? 다른 기사들은 다 있네.'

일행 중 네 사람만이 방에 없다.

엘리자베스 공주, 스칼렛, 루시, 패트릭이다.

물의 감각으로는 존재감만 알 수 있을 뿐 남녀노소의 구분
은 불가능하다.

때문에 누군가를 정확하게 지목해 찾을 수 없다.

'애들도 아니고 알아서들 하겠지.'

걱정 받아야 하는 사람은 진짜 어린아이인 자신이 아닌가.

잠자긴 글렀다.

꼬르륵.

저녁을 굶고 잤더니 배가 너무 고프다.

소년은 일단 배부터 채우기로 했다.

끼이익.

'…왜 끼익거려?'

사람이 없는 커다란 복도가 참으로 음산해 보인다.

등줄기가 서늘하고, 손가락과 발가락이 저절로 움츠러든
다.

나무 그림자가 바닥에서 춤을 춘다.

덩실덩실.

무방비 상태로 그 모습을 본 소년은 깜짝 놀라 저도 모르게 뒷걸음질했다.

그러다 곧 계면쩍은 표정으로 자신의 머리통을 몇 번 툭툭 친 뒤 박박 긁는다.

무서워할 게 없어서 나무 그림자 따위를 무서워하다니, 이 어찌 사내대장부라 할 수 있으리요.

사람이 사는 저택에 사람이 보이지 않는다는 게 이리 섬뜩한지 예전엔 몰랐다.

이 시간대는 익숙하지 않다.

그래서 몸이 짜증을 부리는 게 아닐까라고 소년은 현재의 자신을 변명한다.

그렇지 않고서야 그림자를 보고 식은땀이나 삐질삐질 흘릴 리 없다.

꼬르륵.

다시 배가 슬피(?) 운다.

'…고민되네.'

괴로운 표정으로 소년은 복도 끝을 하염없이 바라본다.

아래층으로 내려가려면 저기까지 걸어가야 한다.

복도엔 왜 창문들이 일렬로 쭉 늘어서 있는 걸까? 저것만 없으면 좀 덜 무서울 텐데, 아니면 나뭇가지라도 다 쳐 버리든가.

창문을 바라보니 나뭇가지가 흔들리는데 그 자체가 눈에 거슬린다.

'바람 부네.'

밖이니까 바람이 부는 게 당연하다.

이상할 게 없다.

그리고 바람이 유령도 아니고, 그림자가 저리 흔들리는 것도 사실 무서워할 필요 없다.

'배가 고파서 그럴 거야. 뭐 좀 먹으면 괜찮아질 거야.'

용기를 내어 소년은 한 걸음 크게 내딛었다.

아무 일도 일어나지 않는다.

안심, 안심, 안심이다.

소년은 힘차게 걸어가기로 했다.

그렇게 걸어가려고 마음먹은 순간 오싹해진다.

창문은 다 닫혀 있고, 추위를 느낄 계절도 아니다.

그런데 오싹이라니! 꼭 뒤에 누군가 있는 것 같다.

뒤를 봐야 할까? 말아야 할까?

예전에 작은형이 그랬다.

갑자기 몸에 소름이 돋고 찜찜한 기분이 들 땐 절대 뒤를 돌아보면 안 된다 했었다.

왜냐고 물었더니 그게 있을 것이라고 했다.

'…유, 유령일까?'

온몸의 털이 모조리 곤두선다.

100미터 밖을 기어가는 개미 소리도 들리는 것 같다.

쿵쿵 쿵쿵 쿵쿵쿵쿵!

소년의 심박 수가 곧 터질 것처럼 놀라운 속도로 빨라진다.

소년은 얼굴을 정면에 고정한 채 뒤로 걸었다.

곁눈질로 방문을 확인한 뒤 게걸음으로 문에 접근해 문고리를 돌린다.

누가 보고 있는 양 최대한 자연스럽게 연기한다.

끼이익.

아까 문을 열 때보다 더 큰 소리다.

'뒤만 안 보면 돼! 뒤만……'

작은형의 말을 100% 신뢰하는 날이 올 줄이야.

자신이 들어갈 만한 틈이 벌어지자 소년은 곧장 방 안으로 뛰어들었다.

그러곤 젖 먹던 힘까지 다 짜내 침대로 몸을 날렸다.

유령은 침대에 접근하지 않는다고 했다.

누가 그랬냐고? 작은형이 그랬다.

한 번도 아니고 두 번씩이나 작은형의 말을 100% 신뢰하다니. 하지만 그 말을 믿지 않고 행동했다가 정말 유령이라도 보게 된다면 뒷감당할 자신이 없다.

"개울가에 올챙이 한 마리… 꼬물꼬물 헤엄치다… 앞다리가 쑤욱, 뒷다리가 쑤욱… 개구리 됐네!"

꼬르륵, 꼬르륵.

소년은 기절했다.

흔들흔들.

"딕스, 딕스… 일어나 봐."

올챙이가 개구리 된 사연을 절박하게 노래하다 보니 그게 자장가가 되었는지 어느 순간 깜빡 잠이 들었나 보다.

지금 그 소년을 엘리자베스 공주가 굉장히 미안한 표정으로 흔들어 깨우고 있었다.

"어… 공주님."

"깨워서 미안해."

공주 너머로 시계가 보인다.

3시 40분.

20분쯤 잠들었나 보다.

꼬르륵.

소년의 배가 구슬피 운다.

"배고픈가 보구나."

"괜찮아요, 그런데 언제 오셨어요."

공주를 보니 마음이 든든해진다.

'장가는 일찍 가야겠구나.'

공주는 자신보다 약하다.

한데 그 약한 사람에게서 형용할 수 없을 만큼 큰 위안을 느낀다.

이를 느끼는 순간 얼굴이 확 달아오른다.

게다가 그녀에게서 굉장히 좋은 향기가 난다.

같은 공간에 단둘이 있다. 이런 일이 한두 번도 아니었는데 새삼 이 점이 크게 다가온다.

자신이 덮고 있는 이불을 그녀가 잡고 있다.

그녀의 엉덩이가 자신의 침대에 걸쳐 있다.

두근두근.

소년은 알 수 없는 설렘을 느끼고는 공주와 눈을 마주치는 게 몹시 두려워졌다.

그녀를 향한 자신의 두근거림에 소년은 놀라고 있었다.

"방금 왔어. 그보다 어디 아프니?"

공주의 손이 소년의 이마에 와 닿는다. 소년은 그녀의 손이 몹시 뜨겁게 느껴졌다.

이대로 있다간 온몸이 홀랑 다 타버릴 것 같았다.

'규칙적인 생활이 깨져서 그래. 그래서 이런 걸 거야.'

소년은 자신의 상태를 나름대로 정의했다. 그러자 한결 마음이 편안해졌다.

그렇다고 공주를 바라보는 일이 가능해진 건 아니다.

"괜찮습니다."

"말투가 왜 그래?"

"예? 제 말투가 어떤데요?"

"너무 경직된 느낌이야. 정말 괜찮아?"

"자, 잠에 취해서 그런 걸 거예요. 저 정말 괜찮아요, 공주님. 그런데 무슨 일이세요."

이 이상한 마음에 휘둘리면 낭패를 볼 것 같다.

소년은 얼른 화제를 돌렸다.

소년의 질문에 엘리자베스 공주의 표정이 어두워진다.

그녀의 표정을 통해 딕스는 냉정한 현실로 돌아왔다.

"나랑 여행가지 않을래?"

'여행이 아니라 가출이겠죠' 라는 말이 소년의 목구멍에서 맴돈다.

소년의 표정이 딱딱하게 굳었다.

"공주님 말씀은, 저랑 공주님 단둘이서 가자는 건가요?"

"그래."

소년은 자신이 꿈을 꾸고 있다고 생각했다.

그렇지 않고서야 이 일은 말이 되지 않는다.

그래서 제 허벅지를 꼬집어보았다.

'…아프잖아!'

아픔을 느꼈다. 그렇다면 이건 꿈이 아니다.

소년은 장난이라면 그만두라는 뜻으로 결연하고 진지한 얼굴로 공주를 보았다.

공주 역시 진지하게 소년을 본다.

공주의 눈빛에 장난기라고는 찾아볼 수 없다.

이 의미는 장난이… 아니다!

이를 느낀 소년의 표정이 삽시간에 돌덩이처럼 굳어버린다.

"설명을 부탁드립니다, 공주님."

엘리자베스 공주가 웃지 않는 소년의 진지한 얼굴을 본 건 이번이 두 번째다.

호숫가에서 한 번, 그리고 지금 여기서 한 번.

"그건 내가 말하지."

들려온 음성에 흠칫 놀라 바라보니, 문가에 스칼렛이 서 있었다.

공주로 인해 정신이 없었다지만 그녀의 기척조차 느끼지 못했다.

딕스는 그 순간 섬뜩함을 느낀다.

스칼렛은 공주에게 양해를 구한 뒤 소년과 독대할 수 있는 장소로 이동했다.

평소 스칼렛을 부담스러워하던 소년이었기에 이 자리는 불편할 수밖에 없었다.

하지만 자신의 운명이 걸린 일이기에 그는 내색하지 않았다.

"…듣겠습니다, 스칼렛 기사님."

해야 할 일이 수두룩하다.

행방불명된 큰형을 찾아야 하고, 둘째 형이 학업을 제대로 마칠 때까지 감시도 해야 한다.

그뿐인가, 형들의 취업을 위해 로비도 해야 하고 부모님과 누나를 최대한 빨리 페논에서 탈출(?)시키는 일도 남아 있다.

여기에 개인적으론 마법사가 되기 위한 수련도 병행해야 한다.

이렇게 할 일이 많은데 그 모든 걸 뒤로하고 공주와 여행이라니, 물론 휴가나 관광 같은 단순한 여행이 아님을 소년도 짐작한다.

"공주님의 안위와 조국의 안녕을 위해서다."

막중하고 거창한 이유다.

그렇지만 겨우 열세 살 꼬맹이에게 그 엄청난 임무를 왜 맡긴단 말인가.

자신의 무엇을 보고? 이 나라에 그렇게 인재가 없단 말인가.

당장 눈앞에 앉아 있는 스칼렛만 해도 천재 검사로 유명하지 않는가.

"스칼렛 기사님이 하시면 되지 않습니까? 기사님은 공주님의 수호 기사이기도 하시잖아요. 저처럼 철딱서니 없는 어린애에게 그런 임무는 너무 과해요."

"딕스 경."

자신의 이름을 부르는 스칼렛의 눈빛이 너무 무서웠기에 소년은 그 눈을 차마 볼 수 없어 고개를 돌렸다.

기세에서 밀렸다.

이건 처음부터 지고 들어가는 싸움이다.

딕스는 체념하듯 고개를 떨어뜨린다.

"끙, 듣겠습니다."

"클라우드 공자가 이곳으로 오고 있다. 공주님을 취하기 위해서다. 안타깝지만 공주님을 지켜 드릴 힘이… 공국엔 없다."

클라우드는 이 나라의 심장부인 왕궁에서조차 공주를 겁탈하려 했던 악독한 놈이다.

그런 일을 당했음에도 공국은 이를 공론화시키지 못했다.

스칼렛이 앞서 언급한 대로 나라에 힘이 없기 때문이다.

이런 데다 일부 귀족들은 개가 주인을 따르듯 제국을 추종한다.

이런 매국노 같은 새끼들 때문에 공국은 칼 한 번 제대로 뽑을 수 없었다.

제국이 혼란에 빠져 외부로 눈을 돌릴 수 없는 상황이거나 하다못해 제국을 견제하는 세력이 있다면 또 모를까, 놈들의 숙청은 현실적으로는 요원하다.

참고로 안타깝게도 제국은 성세를 과시하고 있다. 망하기는커녕 흔들릴 기척도 보이지 않는다.

"그럼, 공주님은 평생 놈의 마수를 피해 도망 다녀야 하는 거잖아요."

이 말은 자신도 평생 도망 다녀야 한다는 말과 일맥상통

한다.

왜 하필 자신이란 말인가.

공주가 든든한 백이라고 생각했더니 제대로 된 수렁일 줄이야.

만약 자신이 거절한다면 어찌 될까? 왠지 그냥 '알았다' 라는 대답으로 끝날 것 같지는 않다.

물론 공주님이 계셨다면 자신의 뜻을 받아들여 줄지도 모른다.

하지만 지금 이곳엔 공주가 없다.

'…이래서 독대를 했구나! 역시 살벌한 여자야.'

꿀꺽.

소년은 마른침을 삼켰다.

거절하면 이 자리에서 당장 뜨거운 칼침을 맞을지 모른다.

소년은 긴장한 상태로 주변을 탐색했다.

주변엔 물이 거의 없다.

조금 있긴 하지만 그 물을 움직이기도 전에 다져진 고깃덩이가 되리라.

하늘은 왜 힘든 시련만 자꾸 주시는 걸까.

대체 자신을 어디에 쓰려고 이럴까? 큰일 해보고 싶은 놈들도 많을 텐데, 왜 하필 무난하게 살고 싶은 자신인가!

이젠 기가 막혀서 화도 안 난다.

"아니다."

"…아니라니요, 그게 무슨?"

"이 보 전진을 위한 일 보 후퇴다. 하지만 그 일 보에 공주님은 자신의 모든 걸 거셨다. 공주님께서 동북부순찰사의 관직을 받은 것은 바로 이 때문이다. 이 보 전진을 위해서. 하지만 중간에 일이 생겨 계획 변경이 불가피해졌다. 그리고 이러한 변경은 너와 무관하지 않다."

자신과 무관하지 않은 일이 무엇인지에 대해서 감이 온다.

이런 촉은 안 와도 되는데.

'하일스, 그 작자 이야긴가? 그럼 저 여자 손에 죽지 않아도 그놈의 배후에 의해 죽을 수도 있겠구나!'

혹시나 했더니 역시나 편히 살긴 글러먹은 것 같다.

스칼렛은 소년의 표정과 눈빛을 통해 그가 무엇을 생각하고 있는지 알아차렸다.

그녀의 눈에 언뜻 놀람이 스친다.

'재상 각하와 패트릭 경의 말이 과연 헛말이 아니었구나. 이 녀석, 눈치 하나만큼은 타고났구나!'

"혹시 저랑 공주님 단둘은 아니겠죠?"

포기할 때를 아는 남자야말로 진정한 남자다.

여기서 더 질질 끌었다간 일해주고 욕먹는 경우가 발생한다.

"공주님을 부탁한다, 딕스 경."

그래, 둘이 가라는 말이구나.

이런 빌어먹을… 소년은 절규했다.

하늘은 자신을 갖고 놀기로 작심했나 보다.

그렇지 않고서야 어찌 이러실 수 있단 말인가.

'성년식도 치루기 전에 살해당하는 거 아냐?'

적어도 예지몽에선 열아홉 살까지는 살았다.

그런데 돌아가는 정황을 보니 그 근처도 못 가보고 일찍 객사할 것 같았다.

촉이 불길한 방향으로 기어가자 소년은 그놈을 냉큼 참수했다.

정신이 번쩍하고 든다. 지금은 몸을 적극적으로 사릴 때가 아니다.

"공주님께… 제 모든 걸 걸겠습니다."

큰 판에 뛰어들었다.

이기면 대박이다. 지면… 생각하지 말자.

불행은 귀가 밝아서 속말도 알아듣고 찾아온다.

'다 잘될 거야. 전부 다.'

동부 지역 순시를 마친 엘리자베스 공주 일행은 북부로 진로를 잡았다.

동부를 떠나던 날 하늘은 무척이나 흐렸고 얼마 안 가 거센 바람과 굵은 빗줄기가 온 세상을 사납게 할퀴고 때렸다.

일정을 소화하기 위해 지름길을 이용했던 공주 일행에게

이와 같은 악천후는 끔찍한 사고로 이어졌다. 공주가 타고 있던 마차가 수백 미터 아래 급류로 추락한 것이다.

수색은 비바람이 잠잠해지길 기다려 이루어졌다.

물경 3천 명이 수색 작업에 투입됐다.

하지만 수색 범위는 점점 늘어났고 이렇다 보니 수색 인원이 턱없이 부족했다.

부랴부랴 2천 명이 더 동원되었지만 사건 발생 후 15일이 더 지난 뒤라서 끝끝내 공주를 발견할 수 없었다.

후계자를 잃은 공국은 침울한 늪 속에 빠져들었다.

모두가 공주의 죽음을 기정사실로 받아들였다.

그러자 공국의 후계 문제를 거론하는 귀족들의 움직임이 사교계를 시작으로 정계로 옮아가며 뜨거운 공론이 되었다.

공왕은 후계 문제를 거론하는 자들에게 엄한 경고를 내려 공론을 잠재우려 했다.

하지만 미봉책이다. 한시적이다.

이를 알기에 귀족들의 움직임은 더욱더 활발해졌다.

누가 이 나라의 차기 정권을 쥘 것이냐!

엘리자베스 공주의 실종 이후 공국은 피바람을 예고하는 정쟁에 돌입했다.

이 정쟁의 칼바람에 제일 먼저 한 영지가 희생당했다.

공주와 함께 수백 미터 아래 급류로 추락한 어린 재능자의 고향 페논 남작령이다.

그곳이 제일 먼저 당한 이유는 단 하나, 공주가 탑승한 마차의 중요 부속품을 이곳에서 교체했는데 그 부속품이 불량품이라는 누군가의 고변이 있어서다.

부속품을 갈아준 기술자는 그곳의 영주가 특별히 천거한 인물이었다.

공왕은 이 고변에 대해 제대로 조사해 보지도 않고 곧장 칼을 빼들었고, 페논의 영주는 항변 한 마디 못 한 채 실각했다.

이후 페논은 왕실 직영지로 편입됐으며 왕실은 이곳에서 일하던 자들을 해고하지 않고 전원 고용했다.

이 사건이 공왕의 억지임을 귀족들과 신하들은 모르지 않았지만 다들 이를 모른 척했다.

자신들에게까지 불똥이 튈까 두려운 그들은 공왕의 처리를 딸을 잃은 아비의 분노와 비통함이 저지른 사소한 실수로 여겨 버렸다.

이는 그만큼 페논이 공국에서 차지하는 비중이 미미하다는 증거이기도 했다.

*　　　*　　　*

대륙력 4244년 9월 25일, 아리온스 왕국 서쪽 앙할 시 외곽.

앙할 시 추수절 축제에 참가한 벨리오 서커스단은 시의 허락을 받고 이곳에서 숙식과 공연을 함께 해결하고 있었다.

밤이면 이곳은 서커스를 구경하러 나온 앙할 시민들로 북새통을 이룬다.

이 서커스단은 얼마 전, 카드로 점을 치는 소녀 점쟁이와 소녀의 유일한 혈육인 딕스라는 흔해 빠진 이름의 소년을 식구로 받아들였다.

"고… 누, 누나."

흔해 빠진 이름을 가진 소년 딕스가 바라보는 곳.

검은색으로 전신을 치장한 집시풍의 소녀가 가느다란 우유 빛깔 팔뚝을 훤히 드러내 놓고 개울가에 앉아 빨래를 하고 있다.

가을이긴 하나 이른 아침의 개울물은 얼음장 같다.

자세히 보면 하얗게 서린 입김도 볼 수 있다.

"더 자지 않고?"

새빨간 손을 호호 불어대는 소녀의 모습에 소년은 복잡한 감정에 빠져들었다.

모종의 계획에 따라 공주와 딕스, 두 사람은 남매가 되어 이 서커스단 단원으로 생활하고 있었다.

소년은 공주를 지켜보고 위험에서 보호하는 일만 할 뿐 그 계획에 대해서는 아무것도 알지 못했다. 이리저리 물어봤지만 아무도 소년에게 그 내용을 알려주지 않았다.

이럴 거면 왜 자신을 이번 계획에 동참시킨 것일까? 내심 섭섭했지만 이 일을 맡아주는 조건으로 받은 대가가 흡족했기에 소년은 자신의 호기심을 날려 버렸다.

"제가 빨게요."

"말투."

"아, 알았어. 내가 빨게, 누나."

"됐어, 이런 건 여자가 하는 거야. 서커스단 남자들이 빨래하는 거 봤니?"

"…아뇨."

"말투!"

"둘이 있을 땐 상관없지 않나요?"

"방심은 금물이야."

"아, 알았어."

"빨래 금방 끝나니까 기다려 줄래. 이거 끝내고 밥 먹자."

"…응."

5개월 전.

공주의 수호 기사 스칼렛으로부터 공주를 수행하라는 부탁―명령에 가까운―을 받은 소년은 이를 허락했다.

계획은 착착 진행되어 공주를 태운 마차가 전복되는 사고가 일어났다.

물론 딕스와 공주는 도시를 빠져나가기 전에 이미 사고난 마차에서 빠져나왔다.

당연히 두 사람을 집어삼켰다고 알려진 계곡과는 일면식도 없다.

두 사람은 준비된 계획에 따라 모처에서 한동안 숨어 지내다가 아리온스 왕국으로 넘어와 지금의 서커스단에 입단했다.

서커스단은 공국과 아무런 연고도 없었다.

여기에 취직하기로 되어 있던 점쟁이 자리를 엘리자베스 공주가 중간에서 가로챘을 뿐이다.

이곳에서 공주의 이름은 엘리자베스가 아니라 베스로 불린다.

소년이야 그 흔해 빠진 이름 탓에 그냥 딕스로 산다.

서커스단 내에서 소년에 대한 평판은 좋지 않다.

그냥 좋지 않은 정도가 아니라 굉장히 나쁘다.

모든 이들과 두루두루 친해지며 호감을 쌓는 편인 소년의 지난날을 생각하면 이는 의외지만, 여기엔 그럴 만한 사정이 있다.

서커스단의 일은 고되고 시간도 많이 할애해야 한다.

이를 알게 된 베스―엘리자베스 공주―는 딕스를 누나의 고혈을 빨아먹고 사는 파렴치한 캐릭터로 만들어 버렸다.

그 때문에 소년은 매일 엄청난 욕과 눈총을 받는 서커스단 내 유일한 천덕꾸러기로 살게 되었다.

겉보기에 소년은 하루 종일 빈둥거린다.

하지만 실상은 정반대였다.

그녀가 사들인 책을 억지로 읽어야 했고 재능자로서의 수련도 고달프게 하고 있었다.

물론 공주를 경호하는 일도 밤낮 빈틈없이 하고 있다.

두 사람은 대외적으로는 남매이기 때문에 한 공간에서 함께 생활하고 잠을 잔다.

소년은 이 생활이 처음엔 무척 설레었었다.

그러나 그것도 이제는 옛말이다.

지금은 개인 공간을 갖는 게 딕스의 소원이 되어버렸다.

'마음 편히 먹고 자야지 쑥쑥 크는데 모든 게 다 불편한 것들뿐이니.'

마법부 시절이 몹시 그립다.

언제 다시 마법부 시절로 돌아갈 수 있을까? 하루속히 공주의 계획이 끝을 보길 바랄 뿐이다.

"무슨 생각하니? 이제 돌아가자."

"알았어, 내가 들어줄까?"

"휴우, 딕스… 네 캐릭터에 충실해."

그래, 제대로 나쁜 놈이 되어보자.

겉으로나마 소년은 그녀가 원하는 인물이 되기로 작심했다.

"그러지, 뭐. 근데 아침은 뭐야?"

서커스단에서 점심과 저녁을 제공하지만 아침은 각자 알

아서 해결해야 한다.

"어제 먹다 남은 흑빵이랑 야채 넣고 끓여 먹을 거야. 괜찮지?"

한마디로 잡탕이란 거군.

입맛은 없지만 점심때까지 버티려면 먹어둬야 한다.

"괜찮아."

그녀는 공주치고는 요리를 잘한다.

저 예쁜 손이 비결이지 않을까 싶다.

조악한 보금자리인 천막으로 돌아가던 딕스와 베스는 누군가의 등장으로 인해 걸음을 멈춰야만 했다.

덩치 큰 메기입 청년.

그는 단검의 명수 포먼이라 불린다.

서커스단에서 그의 공헌도는 다섯 손가락 안에 들어간다.

딕스는 포먼을 좋아하지 않는다.

여러 가지 이유가 있지만 그중 가장 큰 이유는 그가 공주에게 치근댄다는 점이다.

"무슨 일이신가요, 포먼 씨?"

"베스, 그냥 포먼 오빠라고 불러줘. 참, 아침 안 먹었지? 같이 먹자."

서커스단에서 포먼은 여자들에게 인기가 많았다.

돈도 잘 벌고 젊고 건강하고 잘생긴 데다 성격까지 좋으니 당연한지도 모른다.

그러나 딕스는 이를 인정하지 않았다.

이런 포먼이 베스에게 관심을 가지자 일부 여자들이 그녀를 쌀쌀맞게 대했다.

"거절하겠어요, 포먼 씨."

"에이, 그러지 말고 나랑 먹자. 너랑 먹으려고 다른 애들 퇴짜까지 놨는데. 네가 거절하면 나 혼자 쓸쓸히 먹어야 하잖아."

윙크를 남발하는 포먼의 능글맞은 태도에 딕스는 얼굴에 기분 나쁜 티를 팍팍 냈다.

마침 가을바람이 불어와 소년의 앞 머리카락이 한쪽으로 날리며 이마를 드러낸다.

그런데 뭔가 이상하다.

소년의 이마에 있어야 할 재능자를 상징하는 문장이 보이지 않는다.

"누나가 싫다잖아."

여기선 상냥하고, 착하고, 예의 바른 딕스는 존재하지 않는다.

까칠하고, 건방지고, 게으른, 제 누나의 고혈을 빨아먹는, 성격이 지랄 같은 소년만이 있을 뿐이다.

"아! 딕스, 너도 있었구나. 흠, 괜찮으면 너도 함께 밥 먹자."

은근히 권유하는 척하지만 넌 빠지라는 티가 포먼의 얼굴에 역력하다.

소년이 어찌 이를 모르랴.

"난 싫은 사람과 밥 먹음 체해."

소드익스퍼트도 순식간에 제거해 버리는 딕스에게 있어 포먼은 피라미일 뿐이다.

문제는 이 피라미가 육식 대어를 눈앞에 두고도 못 알아본 다는 데 있다.

포먼이 딕스를 향해 바짝 접근하자 베스가 이를 보고 막으 려는 듯 개입했다.

주변에 있는 단원들의 시선을 의식한 포먼은 못마땅한 표 정을 짓다가 곧 인상을 풀었다.

이미지 관리에 들어간 것이다.

포먼의 손이 딕스의 어깨를 두드린다.

"공연 전에 시내에 나가자. 이 형님이 맛있는 거 사주마."

"그냥 혼자 처드세요."

아주 작게, 하지만 상대가 똑똑히 들을 수 있게 또박또박 말해주었다.

포먼이 울컥하는 것이 느껴졌지만 딕스는 그를 무시해 버 렸다.

이를 지켜보던 몇몇 남자들이 소년을 향해 엄지를 추켜세 웠다.

하지만 그 엄지는 곧 비웃음이 담겨서 바닥을 향한다.

'저 자식들이 진짜!'

공주는 왜 서커스단을 선택했을까? 돈 많은 귀족으로 위장해서 계획을 실행하면 안 되는 것이었을까? 공주의 극단적인 선택이 진정으로 싫은 소년이다.

소년은 이를 못 본 척하며 베스의 손목을 잡고 걸어가 버렸다.

조만간 무슨 수를 써야 할 것 같다.

'이동할 때 놈을 손봐야겠어.'

말없이 사라지는 단원들도 종종 있다.

그 목록에 포먼을 추가한다고 설마 서커스단이 문을 닫겠는가.

딕스의 심정으로는 솔직히 닫았으면 좋겠다.

그럼 공주님도 등 따시고 배부른 방법으로 계획을 추진하지 않겠는가.

이리 생각하니 서커스단이 원수로 보이는 소년이다.

"딕스."

"어."

"사고 치지 마. 우리 계획에서 이 서커스단은 큰 도움이 돼, 약속해."

점쟁이를 하더니 이젠 사람 속도 꿰뚫어보는 걸까.

딕스는 진심으로 깜짝 놀라 공주를 보았다.

그런데 공주는 어떻게 카드 점을 그리 잘 치는 걸까? 생각해 보니 이 공주, 다방면으로 미스터리다.

"…알겠습니다."

공주에게 휘둘리는 느낌이다.

하지만 어쩌겠는가.

그녀가 상전이고 칼자루를 쥐고 있는데.

"참, 공부하는 데 막히는 부분은 없어?"

"어, 없는데요."

"있으면 메모했다가 말해. 내가 말했지, 못생긴 남자는 용서가 되지만 무식하게 힘만 센 남자는 용서 못 하는 게 여자야. 딕스, 지혜로운 여자랑 결혼하고 싶으면 이 누나의 말 잘 들어야 해."

공주의 협박에 소년의 내심은 불만을 토로하고 있었다.

'공주님 남편 될 사람이나 찾아서 교육하세요. 왜 절 못 살게 하시나요. 전 무식한 제가 너무 좋아요. 그리고 전 지혜로운 여자보단, 말 잘 듣는 예쁜 여자가 좋아요.'

마법부에서는 자유로웠다.

그런데 지금은 힘든 임무를 맡아 고생함에도 불구하고 그때 누렸던 자유를 손톱만큼도 맛보지 못한다.

공주는 자신의 피를 말려 죽이려는 게 아닐까? 그렇지 않고서야 어찌 이리 몰아붙인단 말인가.

이게 다 큰형 테일 때문이다.

큰형만 아니었으면 공주와 함께 나올 이유가 없었다.

'가만… 큰형 편지를 받자마자 공주님이 왔잖아? 어라? 그거 진짜 이상한 일이잖아!'

짜고 친 포커처럼 타이밍이 너무 절묘하다.

하지만 그녀가 왜? 대륙 최연소 견습 마법사가 대단하긴 하지만 마법사도 아닌 일개 견습 마법사를 데려가기 위해 그 같은 일을 꾸민다는 것은 말이 안 된다.

그리고 탐정이 보고한 바에 의하면 데일, 그 개자식과 큰형이 마지막에 만났다고 하지 않았던가.

그런데 그 탐정을 소개해 준 사람이 누구더라?

공주네. 검은 옷으로 전신을 감싼 공주.

순간 검은색과 그녀가 참으로 잘 어울린다는 느낌이 든다.

묘하게 전신을 감싸는 검은 기운이라든가.

'과도한 스트레스 때문에 내가 이상해지고 있는가 보다. 이런 망상이라니……'

어디 갖다 붙일 데가 없어서, 저 착한 공주님을 마녀로 취직시키다니!

"딕스, 서둘러. 오늘은 밥 먹고 갈 데가 있어."

미혹에 빠진 소년은 그녀의 부름에 정신을 차린다.

둘만의 보금자리인 천막이 어느새 눈앞에 펼쳐져 있다.

'지금도 추운데 겨울이 되면 더 춥겠지.'

천막을 보니 벌써부터 겨울이 걱정이다.

'마법부의 내 방이 그리워! 휴우.'

역시 잘 먹고 잘살다가 고생하니 죽을 맛이다.

그런데 공주는 어째서 저렇게 즐거워하며 잘 버티는 걸까? 그녀에 대해 남들보다 많이 안다고 생각했는데 점점 그녀가 무서워진다.

제3장

진실을 묻어둔 죄(?)

오전 10시가 조금 넘은 시각, 도심 외곽에 위치한 상점가.

이 시간이면 직업을 가진 자들은 각자의 직장에서 업무를 보고 있을 것이고, 학생이면 학교에 있을 것이다.

물론 어린아이라 해서 모두가 학교에 다니는 것은 아니다.

가난한 집의 아이들은 가계에 도움이 되기 위해 일을 한다.

하지만 정상적인 직업을 가질 수 없었기에 아이들은 잔심부름이나 호객 행위 등을 통해 돈을 번다.

이런 아이들이 주로 모이는 곳이 상점가다.

운이 좋으면 안정적인 직업인 가게 점원으로 취직할 기회를 얻을 수 있다.

그래서 이곳에서 잔심부름을 하는 아이들 대부분이 성실하고 눈치가 빠르다.

더 나은 내일을 위해서 오늘의 자신을 희생하는 것이다.

딕스는 여성 용품 가게 앞 계단 옆에 쭈그리고 앉아 있었다.

이곳은 잔심부름을 하는 아이들도 오지 않는 곳이다.

이 가게에선 일거리를 얻기 힘들기 때문이다.

그래서 이곳만은 아이들이 없는 청정 구역이다.

재능자를 상징하던 멋들어진 관복을 벗으니 거리의 아이라 해도 믿을 만큼 딕스의 행색은 옹색하다. 가난한 점쟁이 소녀의 게으른 백수 남동생 이미지를 제대로 살리고 있는 것이다.

'시월도 안 됐는데 이렇게 추우면 어쩌란 말이야! 어째 자기만 매번 건물에 들어가고 나만 밖에 있으라는 거야! 정말이지… 공주만 아니면 들이박는 건데, 휴우.'

슬프다. 매번 외출하면 이 신세다.

제 집도 아닌 남의 집 앞을 지키고 있어야 한다.

솔직히 지금은 버틸 만하다.

기분은 한겨울 길바닥에 나와 있는 듯 느낌상 무지 춥지만 실제의 체감은 얼어 죽을 정도는 아니다.

앞으로 뚝뚝 떨어질 기온을 감안하면 사실 견딜 만한 수준이다.

하지만 언젠가는 남의 집 현관 옆에서 얼어 죽을지 모른다.

공주님의 기본 쇼핑 시간은 두세 시간이다.

물론 딕스도 그녀의 목적이 쇼핑이 아님은 안다.

죽음으로 위장해 고국을 등진 채 저급한 떠돌이 단체—서커스단—에서 점쟁이 노릇을 하는 그녀가 두세 시간 동안 이런 허무맹랑한 쇼핑을 할 리 없다.

아마도 조국의 안녕과 영광을 위한 모종의 일들이 저 안에서 이루어질 것이다.

안락하고 풍요로운 생활을 등지고 스스로 진창에 몸을 던진 왕족의 희생정신을 생각하면, 그녀는 존경받아 마땅하다.

그러나 자신을 이처럼 구차하고 불쌍하게 만드는 일을 서슴없이 자행하는 그녀의 행위는 지탄받아야 하지 않을까? 명색이 재능인데……

약물로 가린 미간의 문장만 드러내면 그 어느 나라에 가더라도 단숨에 대접받고 살 수 있다.

그런 자신이 체온 유지를 위해 창가에 놓인 식물처럼 광합성을 하고 있다.

고향의 애새끼들이 지금 이 모습을 보았다면 필시 배꼽 빠지게 웃으며 자신을 비웃으리라.

'외국에서 이 짓거리하는 게 그나마 다행이군.'

날씨가 진짜 추울 때도 지금과 같이 집 지키는 개처럼 세워

둔다면 자신의 생존을 위해서라도 도망치고 말리라.

어디로? 저 문 안으로 냉큼.

'그건 이해해 주시겠지. 그나마 가족 걱정을 덜어서 다행이야, 휴우.'

페논 남작령은 사라졌다.

영지가 사라지는 걸 목격했을 데일의 표정이 궁금하다.

아마 하얗게 질려 버리지 않았을까? 뭐, 어쨌든 고향의 부모님과 누나는 앞으로도 쭉 무사하게 됐다.

큰형과 작은형의 장래도 앞으로 탄탄대로다.

모두가 자신이 국제 거지가 된 보상이다.

권력이란 더 큰 권력의 작은 입김에도 쉽게 무너진다.

이것이 세상이다.

'그 여자가 큰형을 찾아준다고 했으니까 약속 지키겠지. 페논 건도 해결해 줬으니까.'

공주의 수호 기사 스칼렛 르 헬싱.

백작 가문 장녀인 그녀는 장차 여백작이 된다.

여기에 공주님이 장차 공국의 여왕이 되신다면 권력의 핵심에 가볍게 안착한다.

처음부터 잘 먹고 잘산 그녀는 지금도 잘 먹고 잘살고 있을 것이다.

불공평한 세상이다.

"아!"

소년의 두 눈이 갑자기 촉촉해진다.

저기 저 마도의 탑 지붕이 보이는가.

저 건물 안 매장에 은행이 있고, 그 은행엔 자신의 이름으로 된 예금이 있다.

그 돈이면 이 도시에서 번듯한 2층 벽돌집 세 채는 살 수 있다.

이런 거부가 지금 추위에 덜덜 떨며 자연에너지를 이용해 몸을 녹이고 있다니, 비참하다.

"꼬맹아."

끔뻑끔뻑.

딕스는 불쾌한 호칭으로 자신을 부른 은발의 잘생긴 사내아이를 보았다.

눈부신 녀석의 외모에 딕스는 순간 저도 모르게 불쾌감을 느꼈다.

본능적인 수컷들의 경쟁심이다.

'건방지게 생긴 저 자식이 방금 날… 꼬맹이라고 부른 거 맞지?

믿을 수 없었다.

자신이 어딜 봐서 꼬맹이란 말인가.

'앉은키는 어디 가도 뒤지지 않는다!' 라고 자부한다.

"쯧쯧, 벙어리로구나."

꼬맹이에 이어 벙어리까지……

아니, 두 단어가 합성해 벙어리꼬맹이가 되었다.

자신의 침묵이 길어지면 또 무엇이 붙을까 심히 궁금하다.

딕스는 내심 한숨을 내쉰다.

관계해 봤자 좋을 게 없다.

그는 소년에게서 신경을 끄기로 했다.

"걸을 수는 있느냐?"

딕스는 녀석과 말 섞는 게 싫었다.

그래서 입을 꾹 닫았다.

자신에 대한 녀석의 평가나 동정 따위 관심 없다.

"못 걸어? 그럼 앉은뱅이……!"

꼬맹이, 벙어리에 이어 뒤에 뭐가 붙을까 짧은 순간 궁금했지만, 설마 앉은뱅이가 붙을 줄이야.

딕스는 사내아이의 무례한 태도에 기가 막혔다.

보아하니 자신과 비슷한 또래로 보인다.

여기서 벌떡 일어서서 자신이 꼬맹이도, 벙어리도, 앉은뱅이도 아님을 증명한다면 저 녀석은 크게 놀라고 말리라.

하지만 왜 그래야 할까? 자신에 대한 저 녀석의 평가는 아무것도 아닌데.

'그래, 짖고 까불어라. 이 형아는 만사가 다 귀찮은 몸이시다.'

딕스는 바닥으로 시선을 돌려 버렸다.

은발의 소년은 그 모습이 안돼 보였던지 오전의 햇살을 잔뜩 머금은 은색 동전을 딕스 앞에 내려놓았다.

딕스는 동전과 은발 소년의 손을 번갈아 보았다.

스스로 자신의 처지가 거지 같다고 생각하는 것과 남이 자신을 거지로 보는 것은 엄청난 차이가 있다.

돌아서서 가는 은발의 소년을 향해 입을 여는 딕스.

"멈춰."

은발의 소년이 걸음을 멈춘다.

몸을 돌리는 소년의 앞머리가 바람결에 나부끼며 미간이 드러난다.

한데 그 미간에 문신, 아니, 문장이 있다.

기본형 마력 문장 24개 중 하나인 시그마(Σ)가 은발 소년의 미간에 또렷하게 새겨 있었다.

딕스의 눈길은 은발 소년의 문장에 고정됐다.

참으로 오랜만에 보는 타인의 문장이었다.

"벙어리가… 앉은뱅이도… 아니었구나!"

은발 소년이 의외라는 표정을 지으며 말한다.

소년이 앞서 말한 꼬맹이란 단어도 같이 빼주었다면 딕스는 굉장히 기뻐했을 것이다.

하지만 그러기에 딕스와 소년의 키 차이는 거의 한 뼘이다.

"난… 거지가 아닙니다."

울컥한 마음에 반말로 불렀지만 계속해 반말할 수는 없다.

놈은 누가 봐도 귀족이다.

귀족인 놈이 재능자이기까지 하다니 세상은 너무 불공평하다.

"그럼 왜 저기 쭈그리고 앉아 있었지?"

"햇볕이 잘 드니까요."

말해놓고 보니 이상하다. 자신이 빨래도 아니고 왜 햇볕 타령인가.

'…진짜 거지 같은 대사잖아!'

참으로 구질구질한 대답을 한 것 같다.

하지만 이를 인정하면 진짜 구차해질 것 같아 딕스는 당당해지기로 마음먹었다.

"흠, 당당한 눈빛이군. 밥은 먹었느냐?"

먹었다. 하지만 이곳까지 걸어오면서 배는 30분 전에 꺼져버렸다.

꼬르륵.

딕스의 대답을 배가 대신한다.

풉!

은발 소년이 제 입을 틀어막는다.

저 행동이 무슨 의미인지 딕스는 알고 있다.

방귀라는 말에 환장해서 뒤집어지는 어떤 여자를 안다.

아마 그 여자와 이놈은 비슷한 웃음 코드를 가졌으리라.

"아! 실례."

은발 소년은 딕스가 내민 돈을 다시 회수했다.

'자존심만 세우지 않았어도 저 돈은 자신의 것인데' 라는 거지 같은 근성이 스멀스멀 올라왔지만 이를 내색하지는 않았다.

딕스는 소년을 힐끔 본 뒤 제자리로 돌아가 쭈그리고 앉았다.

'다음에는 담요를 챙겨 와야겠구나.'

가만 보니 쭈그려 앉는 이 자세, 진짜 불쌍해 보인다.

그렇다고 찬 돌바닥에 앉을 수는 없다. 자신의 엉덩이는 소중하니까.

"아르바이트하지 않을래?"

은발 소년의 제안에 딕스는 눈살을 찌푸렸다.

아마 저 소년은 상가 거리에서 심부름 아르바이트를 하는 아이들과 자신을 동일시하는 것이리라.

그런데 자신 말고도 지천에 널린 게 그런 아이들이지 않는가.

싹싹하고 눈치 빠르고 활기찬 녀석들이다.

그런 녀석들에 비해 자신은 인정하긴 싫지만 병든 병아리 같은 모습이다.

'저 녀석, 특이한 놈이네.'

딕스는 또래의 친구가 없다.

그에게 또래의 녀석들이란 모두 적이었다.

그런 그에게 은발 소년의 접근은 신선했다.

여성 용품 가게 맞은편 식당 2층 창가 자리.
딕스와 은발 소년이 마주 앉아 있었다.
딕스는 소년이 제안한 아르바이트를 승낙했다.
그것은 밥 한 끼 같이 먹어주는 것이다.
처음엔 황당했지만 녀석의 말을 들어보니 그럴 수도 있겠
다는 생각이 들었다.
　'혼자 밥 먹는 게 뭐가 힘들다고, 쯧쯧.'
그렇다, 딕스는 밥 같이 먹어주기 아르바이트를 하고 있었
다.
종업원이 음식을 내왔다.
김이 모락모락 피어오른다.
"난 아서라고 한다. 네 이름은 뭐니?"
"딕스요."
"딕스요?"
"아니, 딕스라고요."
말귀도 못 알아듣고, 성격도 이상한 것이 신은 녀석에게 좋
은 집안과 특출한 재능, 빛나는 외모와 함께 아둔한 머리와
막힌 귓구멍, 쓸데없는 사치와 낭비 정신을 준 것 같다.
　역시 하늘은 가끔씩 공평하다.
　'허우대만 멀쩡하군, 쳇!'

이상한 녀석과의 식사 자리지만 공짜 밥에 공돈까지 생기는 데다 거지처럼 길바닥에 쭈그리고 있지 않아도 된다는 훌륭한 장점들이 있어 참아주기로 했다.

"아! 미안, 네 억양이 익숙하지 않아서. 이곳 출신은 아닌 것 같은데, 공국인?"

단숨에 자신의 조국을 알아맞히는 아서로 인해 딕스는 내심 움찔했다.

공주는 그 누구에게도 신분을 들켜서는 안 된다.

그녀와 함께하는 자신도 마찬가지다.

그 때문에 미간의 문장도 약품으로 지우며 생활하고 있지 않은가.

'저 꼬맹이… 수상쩍은데?'

긴장한 딕스는 오메가 핵을 움직여 여성 용품 가게 안으로 마나를 보냈다.

가게 밖에서 수시로 하던 일이다.

딕스는 공주가 가게 안으로 들어가기 전, 이와 같은 방법으로 내부를 꼼꼼하게 정찰했다.

건물 내부에 있는 사람 숫자와 그들의 위치를 파악했고, 공주가 가게로 들어가 어디쯤에 있는지도 확인했다.

할 일 없는 비렁뱅이 소년처럼 보였지만 실상 공주의 안전에 만반을 기하고 있었다.

정찰 결과 문제는 발견되지 않았다.

딕스는 호주머니에 손을 넣었다.

작은 구슬이 잡힌다.

이 구슬은 공주에게 일이 생기면 깨지도록 되어 있다.

공주가 지니고 있는 같은 구슬을 그녀가 깨야 이것도 함께
깨진다.

'그림자처럼 붙이고 다녀야 제대로 지켜 드리지. 젠장.'

공주에게 이를 건의했지만 그녀는 매몰차게 거절했다.

이 때문에 딕스는 공주에게 삐쳐 있었지만 별다른 내색은
하지 않았다.

남매로 위장하고 있지만 그녀는 공주다.

페논에서 가족을 빼오는 일을 권력자는 단 한 마디의 말로
아무런 피해도 없이 해결해 버렸다.

노심초사 지켜본 딕스에게는 놀랍고 두려운 일이었다.

그러니 그 권력자의 따님을 어찌 함부로 대하겠는가.

장차 그러한 권력자가 되실 분이기도 하니 24시간 긴장하
며 공주를 지켜야 한다.

이 일에 매달리는 것도 힘든데 여기에 공부에, 수련까지.
공주는 알지 못하리라. 뼛골 빠지는 자신의 고충을.

"아, 딕스. 내가 아는 딕스만 해도 십여 명인데."

딕스의 표정이 갑자기 굳어지는 것을 보자 분위기를 풀 요
량인지 아서가 웃으며 말했다.

"흔해 빠진 이름이니까요."

"너의 이름만큼이나 너도 평범하게 살겠구나."

별 탈 없이 평범하게 사는 일이 어렵다는 것을 아서는 알고 있는 듯하다.

딕스는 소년의 태도와 어감에서 이를 느꼈다.

"그렇죠."

실로 파란만장한 역경을 겪고 있다.

그 역경의 10분의 1만 가져가도 보통의 사람들은 못 살겠다고 우는 소리를 할 것이다.

따라서 '평범'이라는 단어를 언급하는 딕스의 목소리엔 깊은 억울함이 깊이 서려 있다.

이는 어쩔 수 없는 것이다.

배에서 배 맛이 나고, 사과에서 사과 맛이 나는 게 이치다.

"흠, 몇 살이니?"

"공자와 비슷할 걸요."

아서는 딕스보다 한 뼘이 더 크다. 대체로 자신보다 한 뼘이나, 혹은 한 뼘 반이 더 큰 아이들은 열에 여덟아홉은 동갑이었다.

이러한 근거와 경험에 입각해서 소년은 그렇게 말했을 뿐이다.

한데 아서는 이를 듣고 몹시 좋아했다.

"너도 아홉 살이니?!"

쿨럭!

'저… 저 얼굴에, 저 키에, 저 분위기 어디에 아홉 살이 있다는 거야!'

충격적이다.

세상은 너무, 지나치게 불공평하다.

이 지경까지 오면 신이 자신을 증오한다고밖에 생각되지 않는다.

"우리 친구하자."

아서가 말했다.

아홉 살짜리가 감히 열세 살 형님에게 '친구' 하잔다.

'나는 열셋이다!'

이 말을 쏟아내고 싶다.

하지만 이 녀석 앞에서 열세 살이라고 밝히려니 동정받을 것 같고 초라해질 것 같아 도저히 말을 못 하겠다.

어차피 짧은 만남이요, 스치는 인연이다.

이리 생각한 딕스는 오늘만 아홉 살이 되어주기로 했다.

"그, 그래……."

"한 번 친구는 영원한 친구다. 약속해 줘!"

아서 역시 딕스처럼 친구가 없는 것 같다.

딕스는 친구가 불필요한 존재라고 여겨서 만들 생각을 하지 않았지만, 아서는 아니었다.

그는 진정으로 친구를 갖고 싶어 했다.

아서는 혼자 있는 딕스를 보자 그와 자신이 많이 닮았다고 여겼다.

동질감은 딕스를 향한 아서의 호감으로 이어졌다.

이러한 내막을 어찌 딕스가 알겠는가.

너무 완벽한 조건을 가졌기에 오히려 외톨이가 된 소년의 마음을 말이다.

"좋아."

심심하고 할 일도 없다.

그러니 녀석과 노닥거리며 시간이나 때우자, 어차피 스쳐 가는 인연이다.

이리 생각하자 딕스는 아홉 살 놀이도 나쁘지 않다는 생각이 들었다.

거기다 녀석은 부자 같으니 얻어먹어도 전혀 미안한 마음이 들지 않을 것 같다.

딕스는 배부르게 식사를 끝낸 후 점잖고 잘생긴 데다 키도 훤칠한 멋진… 아홉 살의 아서와 헤어졌다.

아서는 딕스에게 수도 덤블러스에 들릴 일이 있다면 브레이크 가문을 찾아오라 신신당부하곤 생애 처음으로 사귄 친구와의 헤어짐을 진심으로 섭섭해했다.

반면 딕스는 짜증과 불쾌감에 치를 떨었다.

시골 영지의 주도도 아니고 넓디넓은 도시에서 가문 이름 하나 달랑 가르쳐 주고 찾아오라니! 이 어찌 오만하고 뻔뻔한 애송이라 아니할 수 있겠는가.

'조막만 한 게 어디서 허세질이야, 쯧쯧.'

페논이란 작은 연못이 있었다.

그곳에 살던 소년은 이 연못이 세상의 전부라 믿었고 한 치의 의심도 하지 않았다.

하지만 웬걸, 그 연못을 떠나 보니 자신이 살던 그곳이 실은 초라하고 볼품없이 좁아터진 세상이란 걸 알게 되었다.

지금에 와서 돌이켜 보며 자신이 참으로 순진무구했음을 깨닫는다.

사람들이 촌놈을 무시하는 이유가 바로 여기에 있었다.

촌놈은 바로 우물 안 개구리다.

자기가 보는 손바닥만 한 세상밖에 알지 못한다.

그 시절의 소년이었다면 아서가 제대로 된 주소도 가르쳐 주지 않고 자신을 찾아오라는 말을 완전히 믿었을 것이다.

'뭐, 제 가문 이름 대면 다 알 거라고! 내 기가 막혀서 말이 안 나온다, 말이! 역시 어른이고 애고 간에 도시물 먹은 놈들은 다 뻔뻔하다니까. 이러니 촌놈들이 뭣 모르고 상경해서 밑천 다 털리고 거리에 나앉는 게지. 쯧쯧.'

비록 딕스의 예지몽 안에서의 이야기지만 밑천 털리고 개고생한 대표적인 촌놈으로 딕스의 작은형 마크도 있다.

페논의 주도 켄야에선 지나가는 사람 아무나 잡고 'ㅇㅇㅇ

이 어디에 살아요? 라고 물으면 100% 그 집을 알 수 있다.

하지만 일국의 수도에서 그리 말하면 평생을 헤매고 다녀야 할 것이다.

아니, 그전에 바보 취급당한다.

'내 꼬락서니가 이래서 네놈이 날 무시했나 본데, 내가 이래 봬도 왕궁물 먹은 사람이야! 감히 어따 대고 거짓말이야? 쳇!'

아서란 그 맹랑한 꼬맹이 앞에서 자신의 찬란한 이력을 큰소리로 읊어주고 싶었지만, 이를 숨겨야 할 상황이었기에 그걸 참느라 속에서 분화구가 생겨났을 지경이다.

뭐, 어쨌든 잘난 척하던 녀석과 헤어지니 속이 다 시원하다.

정말 지금의 이 몰골로는 두 번 다시 놈을 보지 않았으면 좋겠다.

딕스는 꿈을 꾼다.

수행을 성공적으로 마치고 엘리자베스 공주와 함께 뮬 왕궁으로 화려한 복귀를 하는 꿈이다.

마법부 제 방에 곱게 포개 있을 자신의 푸르른 관복을 입고 당당하게 왕궁을 활보할 그날을 상상한다.

여성 용품 가게 옆 양지로 돌아온 딕스는 쭈그리고 앉아 제 상상에 기뻐하며 히죽거린다.

소년의 앞을 지나가는 행인들이 혀를 차며 측은한 눈으로 딕스를 본다.

몇몇 착한 사람들은 소년에게 동전을 투척해 주기도 했다.

'아씨, 쪽팔려서……'

누가 볼까 싶어 소년은 고개를 급히 아래로 숙였다.

그래도 앞에 떨어진 동전을 줍는 것은 잊지 않는다.

돈을 버리면 벌 받는다. 딕스는 잽싸게 이를 챙긴다.

그때, 문이 열리고 엘리자베스 공주가 나왔다.

소년은 반가움을 가득 담은 얼굴로 한달음에 그녀에게 달려갔다.

"볼일 다 봤어?"

"그래, 우리 딕스. 누나 많이 기다렸지?"

"응, 얼어 죽는 줄 알았어."

이 날씨에 누가 얼어 죽는단 말인가.

공주는 소년이 자신의 지루함을 역설적으로 표현한 것이라 생각해 조금 안쓰러운 마음이 든다.

전신을 검은색으로 도배한 엘리자베스 공주의 그 모습은 천한 점쟁이 집시를 연상시킨다.

그리고 그 옆에 서 있는 딕스는 흔히 볼 수 있는 촌놈 같다.

남매는 서커스단을 향해 발걸음을 재촉한다.

"저기, 누나."

"응."

"브레이크 가문 알아?"

지나가는 투로 가볍게 던진 소년의 질문에 공주가 갑자기 걸음을 멈추더니 정색한다.

그 눈빛과 표정이 예사롭지 않아 소년은 몹시 위축됐다.

지금은 남매로 위장해서 지내지만 따지고 보면 그녀는 까마득한 상관이다.

소년은 자신이 너무 친근하고 자연스럽게 반말을 해서 그녀가 화를 내는 게 아닐까? 라는 생각을 했다.

그게 아니고서야 그녀가 지금처럼 정색할 리가 없기 때문이다.

'여자들 변덕은 알아줘야 한다니까.'

소년은 그녀의 화를 풀어주기 위해 아이디어를 짜내느라 정신이 없었다.

"엿… 들었니?"

자신만의 생각에 빠져 엿이란 말만 귀에 쏙 들어온 소년은 이에 크게 놀랐다.

엿! 그것은 곡식을 엿기름으로 삭힌 뒤에 자루에 넣어 짜낸 국물을 고아서 굳힌 음식이다.

가끔 일부 몰지각한 녀석들이 이 멋진 음식을 인격을 무시하는 모욕적인 말의 대체어로 쓰기도 한다.

참고로 소년은 사탕과 엿을 사랑한다.

아서가 공은 공, 사는 사라는 멋진 말을 하면서 건네준 아르바이트비로 딕스는 엿을 샀다.

엿 가게가 바로 코앞이었다는 점도 있었지만, 돈을 준 아서에 대한 개인적인 감정도 엿을 사는 데 적잖이 작용했다.

한데 한 시간도 되지 않아 아서에게 보냈던 자신의 감정—엿—이 부메랑이 되어 돌아와 뒤통수에 콱 박혔다.

인정하기 정말 싫지만 같은 남자가 봐도 그 어린놈은 똑똑하고, 착하고, 멋있었다.

그런 놈을 욕했으니 하늘이 바로 천벌을 내린 게 아닐까 싶다.

'평범한 놈이 잘난 놈 욕하면 안 됩니까!'

유일신 아르온의 성별이 남성이 아니라 여성일지 모른다는 생각이 문득 든다.

그리고 그는 어쩜 아서의 팬일지도 모른다.

그렇지 않고서야 이 일은 말이 안 된다.

평소 친누나처럼 대하라고 그렇게 잔소리해대던 사람이 공주 아닌가.

그런 공주에게 욕을 먹으니 충격은 두 배.

'공주님이나 엿 드세요!'

아서만 사랑하는 더러운 세상.

누군 피똥 싸며 고생해도 욕 들어먹고, 누군 설렁설렁 사는 것 같은데 복이란 복은 독차지한다.

돼먹지 않은 세상이다.

"죄, 죄송합니다. 다음부턴 조심하겠습니다."

유기된 강아지처럼 풀 죽은 소년의 모습에 공주는 나직하게 한숨을 내쉬며 그의 손을 잡고는 하천 옆 벤치로 걸어갔다.

"딕스, 내 말 잘 들어라."

공주의 근엄한 목소리에 소년의 어깨가 아래로 푹 꺼진다.

"…예."

"내가 하는 일은 몹시 위험하다. 자칫 이 일이 발각되면 나는 그 책임을 지고 자결해야 한다."

"……?!"

공주의 무시무시한 발언에 소년은 크게 놀랐다.

공주가 힘들고 어려운 일을 하고 있음은 알고 있었다.

그 일이 공국의 장래를 결정지을 중요한 일임도 알았다.

하지만 그 일의 실패가 그녀의 죽음으로 이어질 것이라고는 단 한 번도 생각하지 않았었다.

그녀가 누군가.

뮬의 공주가 아닌가.

그런 사람이 자결까지 생각하고 있었다니.

"내가 너를 대동하는 이유가 무엇인지 아느냐?"

"하, 하일스 사건으로 계획에 변동이 생겨 그런 것으로… 아, 아닙니다. 공주님."

공주의 자살 발언으로 받은 충격은 소년의 표정과 말투에 그대로 묻어나오고 있다.

"맞다. 하지만 딱히 그것 때문에 너를 대동하는 것은 아니다. 스칼렛 경은 너의 실력을 보고 추천했지만 난 아니었다. 딕스, 넌 내가 본 가장 뛰어난 재능자였다. 너의 자질과 노력에 대해서 난 줄곧 지켜보았고 크게 감동했다."

공주는 잠깐 숨을 고르고서 말을 이었다.

"이번 하일스 사건으로 주목받게 될 너를 왕궁에 남겨둔다면 너에게 큰 피해가 닥쳤을 것이다. 더욱이 넌 전날 캐넌 드 보리치를 적으로 만들었다. 내가 왕궁에 있는 한 캐넌도 너를 직접 건드릴 수 없다. 하지만 지금처럼 죽음을 위장하고 숨어 다녀야 하는 처지에서 어찌 내가 너의 방패막이가 되어주겠느냐. 이 일도 위험하나 너에 대한 대책을 갖고 있기에 함께 할 수 있었다. 하지만……."

딕스는 몰랐다.

공주에게 이런 깊은 뜻이 있었다는 것을, 그리고 그녀가 캐넌으로부터 자신을 보호하는 방패가 되어주었다는 것도.

자신이 줄타기를 잘해서 그런 것이라고 여겼었다.

소년은 자신을 진심으로 아끼고 걱정해 준 공주의 마음에 숙연해졌다.

공주는 다시 말을 이어나갔다.

"내가 지금 하는 일을 넌 엿들어서도 안 되고 알아서도 안 된다. 내가 만나는 자들은 몹시 위험한 자들이다. 만에 하나 그들이 너의 행동을 알게 된다면 나라고 해도 너를 지켜줄 수가 없다. 그러니 이후 오늘과 같은 일은 절대 없어야 할 것이다."

엿이 그 엿이 아니고, '엿듣다'의 그 '엿'이었다니.

소년은 그제야 그녀가 정색한 이유에 대해서 납득할 수 있었다.

만약 그녀의 설명을 듣지 못했다면 소년은 공주에 대한 평가를 매우 혹독하게 했을 것이다.

하지만 그녀의 진심을 듣게 된 지금은 감사함이 훨씬 더 컸다.

'…공주님이 날 이렇게까지 생각해 주셨다니!'

감동이다.

글썽글썽.

소년은 가족들에게도 눈물을 잘 보여주지 않는다.

그랬던 소년이 지금 공주 앞에서 감동의 눈물을 줄줄 흘리고 있었다.

"깨우친 바가 있는 것 같으니 다행이구나. 어쨌든 다음엔 절대 그리해선 안 된다. 약속해 다오."

"예, 그리하겠습니다. 공주님."

무언들 약속 못 할까? 그런데 브레이크 가문에 대해서 물었을 뿐인데 왜 일이 여기까지 왔을까? 소년은 감동의 눈물을 흘리면서도 의문을 느꼈다.

공주가 은밀히 만날 사람이란 누구일까? 적어도 이 나라에서 막강한 힘을 가진 자가 아니겠는가.

그렇다면 아서란 그 맹랑한 꼬맹이가 당연하듯 말한, 수도 덤블러스에 들를 일이 있다면 브레이크 가문을 대라는 말이 결코 허풍이 아니라는 것이 된다.

'그 녀석 가문이 정말 대단한가 보구나.'

아리온스 왕국의 브레이크 가문은 한 대(代)에 한 명씩 바람의 시그마(Σ) 문장을 갖고 아이가 태어난다.

이들의 특징은 문장을 가진 이들 모두가 은발이란 점이다.

이 때문에 아리온스의 사람들은 브레이크 가문을 '신비로운 은발의 가문', '현존하는 전설'이라고도 부른다.

참고로 현 브레이크 가문의 가주인 아서의 조부 드리건 후작은 6서클 마법사로 그 별호가 아리온스의 수호자다.

이런 어마어마한 가문의 아서와 친구가 된 딕스는 삼생의 영광이라 여겨야 할 것이다.

하지만 정작 본인은,

'제길! 행운이 그런 녀석에게 편중되니까 나 같은 놈이 생기는 거잖아!'

라며 자신이 고생하는 이유를 행운 집중 현상에 의한 피해로 생각하고 있다.

어쨌든 딕스는 오늘 공주가 진심으로 자신을 염려한다는 것을 알게 되었다.

또한 일이 잘못됐을 시 그녀가 자결해야 한다는 것도.

'공주님도 살고, 나도 살고… 그게 가장 이상적이구나!'

제4장

사상 최강의 견습 마법사!

어느 정도 시간이 흐르자 딕스는 엘리자베스 공주가 하려는 일이 무엇인지 조금이나마 그 실체를 접할 수 있었다.

공주는 뮬을 노예처럼 여기는 카페니스 제국의 폭거에 대항하기 위해 북부의 나라들과 군사동맹을 추진 중이었다.

이 일을 위해 공주는 죽음으로 위장했다.

왜 이런 위장을 했는지 딕스가 물었다.

그러자 공주는 짧고 강하게 대답했다.

뒤를 돌아보지 않기 위함이지

공주는 아리온스 왕국의 고위 귀족과 접선했고, 군사동맹에 관한 절반의 약속을 받아냈다.

아리온스를 온전하게 동맹에 참가시키기 위해서는 그들이 내세운 조건, 리안 부족 연합의 선동맹 참가라는 과제를 완수해야 했다.

문제는 이들 양국의 오랜 앙금이다.

지금으로부터 약 300년 전인 대륙력 3944년 3월에 벌어진 양국의 칼토이스 평야전에서 리안의 대족장이 전사하는 일이 발생했다.

당시 전사한 대족장에게는 리안 부족 연합이 신성시하는 성물, 피닉스의 왕관이 있었다.

그런데 그 전쟁에서 왕관이 감쪽같이 사라졌다.

리안 부족 연합은 아리온스 왕국이 자신들의 성물을 일부러 돌려주지 않는다고 믿었고, 그게 아닌 아리온스는 몹시 답답했다.

이때부터 양국의 국경은 한시도 조용할 날이 없게 되었다.

북쪽의 리안 부족 연합.

남쪽의 카페니스 제국.

그 사이에 낀 아리온스 왕국으로서는 지금 당장 쳐들어오는 리안 부족 연합을 막기 위해 제국에 굴욕적인 외교 방식을 취할 수밖에 없었다.

엘리자베스 공주가 리안 부족 연합을 동맹에 참가시킨다

면 자연 두 나라의 전쟁은 종식될 것이고, 아리온스 왕국은 제국만 견제하면 된다.

"그 성물을 어떻게 찾아요? 휴우, 차라리 싱그로아나 헥센 왕국에 먼저 가는 게 낫지 않을까요?"

리안 부족 연합의 성물만 구하면 양국을 극적으로 화해시킬 수 있다.

그리고 그 화해 무드를 조성한 퓰은 든든한 조력자를 얻게 된다.

문제는 리안 부족 연합과 아리온스 왕국이 지난 300년간 찾아 헤맸음에도 찾지 못한 성물의 소재다.

딕스는 불가능하다는 쪽으로 생각이 기울어 있었다.

"아리온스와 리안 부족 연합을 끌어들이지 못하면 싱그로아나 헥센은 날 만나주지도 않을 거야. 그러니 이 일을 반드시 성사시켜야 해."

"저기요, 공주님."

"응?"

"성물 소재에 대한 정보라도 있으세요?"

소년은 저 똑똑한 공주가 무턱대고 이 일에 뛰어들지 않았을 것이라 생각했다.

소년은 공주의 대답에 촉각을 곤두세웠다.

"있어."

"예? 있다고요?"

딕스는 내심 기대를 하고 있었음에도 진심으로 깜짝 놀랐다.

성물과 직간접적으로 연관이 있던 두 나라가 그토록 찾아 헤맸음에도 못 찾은 그것을 어찌 그녀가 안단 말인가.

만약 그 성물만 찾아낸다면 공주가 하고자 하는 일은 엄청난 탄력을 받을 것이 분명했다.

"그래, 있어… 있는데, 휴우."

저 한숨의 의미는 일이 쉽지 않다는 뜻일 게다.

"말씀해 보세요, 전 공주님의 수호 마법사잖아요."

"어차피 너도 알아야 할 일이야. 네가 나의 일에 '스스로' 동참하기로 했으니까."

스스로에 유독 힘을 주는 공주의 어감에서 소년은 잠시 자신이 원해서 그녀의 일에 동참하는 게 아니라 그녀가 파놓은 교묘한 함정에 걸려든 게 아닐까 하는 생각을 했다.

하지만 이 생각은 오래가지 않았다.

공주의 설명에 집중해야 했기 때문이다.

아리온스 왕국과의 전쟁에서 전사한 대족장의 측근에 시바온 부족의 젊은 전사가 있었다.

그는 시바온 족장의 8남으로 다른 형제들과 달리 부족 내에서 지지 기반이 약했다.

한데 놀랍게도 이 8남이 형제들을 모두 제치고 족장이 됐다.

엘리자베스 공주는 양국의 역사를 살피다 우연히 8남에 관한 한 줄 기록을 발견했다.

이에 의문을 품은 공주는 은밀히 이를 조사했고 성물─피닉스의 왕관─과 8남 사이에 연관이 있음을 알아냈다. 이에 그녀는 시바온 부족에 성물에 대한 단서가 있거나 그 물건이 직접 보관되어 있을 것이란 확신을 갖게 된다.

이를 직접 확인하기 위해 공주는 그간 숨겨왔던 재능자의 신분을 이용해 시바온 부족에 잠입하기로 결정했고, 벨리오 서커스단은 자연스러운 접근을 위한 그녀의 발판이었다.

'뭐야? 공주님이 재능자였다니……!'

성물의 유무는 대륙 북부의 정세를 바꿀 엄청난 정보였다.

하지만 그 정보보다 소년은 공주가 재능자인 사실에 더한 충격을 받았다.

'시바… 예감이 영 안 좋은데.'

일이 잘못되어 최악의 경우가 발생하지 않기만을 소년은 두 손 모아 기도했다.

아리온스 왕국에서의 마지막 공연을 마친 벨리오 서커스단은 뮬 공국을 거쳐 리안 부족 연합으로 가려던 일정을 갑자기 변경했다.

뮬 공국을 빼고 먼저 리안 부족 연합으로 가기로 한 것이다.

리안 부족 연합은 백 수십여 개의 부족들이 모여 만든 연맹체이다.

대부분의 사람들은 리안 부족 연합에 대해 편견과 오해를 갖고 있다.

사람들은 그들이 원시생활을 하는 호전적인 자들이라고 지레짐작한다.

리안 부족 연합이 지난 3백 년간 끊임없이 아리온스 왕국을 공격한 것을 보면 그들의 호전성에 대해서는 분명 변명의 여지가 있을 수 없다.

하지만 그 배경을 알게 되면 절로 수긍하게 된다.

문제는 그들이 목숨을 걸고 싸울 수밖에 없는 이유를 대부분의 대륙인들이 모른다는 점이다.

이는 리안 부족 연합에 불리한 공감대였고 이러한 주변의 시각은 이들을 야만족의 연합체로 고착시켰다.

"으으, 춥다."

온몸을 잔뜩 웅크린 딕스는 모포 세 장을 온몸에 칭칭 두르고 있었다.

그럼에도 추위는 소년을 끈덕지게 괴롭혔다.

해를 넘겨 소년은 이제 열네 살이 되었고, 그와 남매 행세를 하는 엘리자베스 공주는 열여덟 살이 되었다.

소녀는 여인이 되었고, 여인이 되는 그 중요한 시기를 가족이 아닌 딕스와 함께 보내고 있었다.

그 때문일까? 둘은 서로를 각별하게 여겼다.

모포 세 장을 두르고 벌벌 떠는 소년을 보며 모포 한 장만 달랑 두른 공주가 걱정이 가득한 표정으로 한마디 한다.

"자꾸 춥다 춥다 그러니까 더 추운 거야."

"추운데 춥다고 하는 게 뭐가 잘못됐어? 그리고 이렇게 떠들어야 겨울이 미안해서라도 좀 봐주지 않겠어? 부모도 우는 자식 먼저 챙겨주는 법이야. 집안의 막내들이 왜 대우받는 줄 알아? 엄살을 잘 떨기 때문이지, 히힛."

"호호홋! 듣고 보니 정말 그러네. 나도 엄살 좀 떨어야겠네. 아~ 춥다, 오들오들."

"몸으로 떨어야지 왜 입으로 떨어. 그런데 누난 정말 안 추워?"

넌 공주가 아니다, 그냥 내 편한 누나다!

딕스는 엘리자베스를 공주가 아닌 베스 누나로 보기 위해 불철주야 노력했다.

그 노력의 일환으로 둘만 있는 시간에도 앞으로의 계획을 위해 이처럼 말을 트고 지냈다.

"참을 만한데?"

"흠, 체지방에 따라 느끼는 추위가 다르다고 들은 것 같기도 해."

서커스단에서 딕스가 하는 일은 거의 없다.

그렇다 보니 그는 공주의 강요에 의해 책을 그림자처럼 달고 살았다.

이리 책을 달고 살다 보니 독서가 점차 습관으로 굳어지기 시작하긴 했는데 쓸데없는 정보까지 구겨 넣은 것이 잘못이라면 잘못.

"뭐야?! 체지방?"

여자에게 지방이 많아 보인다고 하다니, 딕스야말로 진정한 용자였다.

찌릿!

공주가 쏘아보는 눈빛에 소년은 진심으로 깜짝 놀랐다.

진지하거나 침중한 그녀의 눈빛은 많이 보았지만 자신을 향해 앙칼지게 반응하는 것은 이번이 처음이었다. 따라서 소년은 놀라지 않을 수 없었다.

뭐, 그녀가 물의 프사이(*Ψ*) 재능자라는 것을 알았을 때보다는 덜하지만.

'공주와 내가 같은 속성의 재능자였다니……. 하긴 그녀의 궁을 생각하면 유난스럽게 분수와 연못이 많았지.'

재능자의 수련은 자신의 속성에 맞게 그 속성의 기운이 가장 충만한 곳에서 하는 게 좋다.

공주는 자신의 재능을 여덟 살에 깨달았고, 10년이 흐른 지금도 재능자에 머물고 있었다.

공주가 재능자인 것을 알고 있는 이들은 공왕 내외와 재상 벤자민뿐이다.

재능자라는 사실은 자랑할 일이지 숨길 일이 아니다. 하지만 공왕 내외와 재상은 이를 비밀로 했다. 이는 과거 제국에서 이름을 떨치던 예언가의 황당한 예언 때문이었다.

물의 힘을 갖고 태어난 이가 북쪽의 약한 나라에서 나올지니, 그로 말미암아 제국은 쇠락의 길을 걷게 되리라!

누가 들어도 예언의 대상은 뮬 공국이다.

그러니 공주의 재능은 사장될 수밖에 없었다.

사람들은 미신을 어리석은 자들의 전유물로 여기지만 실상 이 어리석은 자들이 믿는 미신은 때론 정치적인 명분으로써 이용되기도 한다.

한마디로 칼자루 쥔 놈 마음이라는 것이다.

"지금 그 말은 내가 뚱뚱하다는 소리니?"

"내가? 언제?"

공주는 절대 뚱뚱하지 않다. 오히려 날씬하다.

그녀를 뚱뚱하다고 정의하면 이 세상 모든 여자들은 하루에 한 끼만 먹고 살아야 할 것이다.

소년의 천진난만한 얼굴에서 그의 마음이 보인다.

공주의 표정이 그제야 풀렸다.

딕스는 날씨도 그녀의 표정처럼 따뜻하게 풀렸으면 싶었다.

소년은 이 간절한 염원을 두 눈에 담고 하늘을 올려다보왔다.

구름 하나 없는 눈부시게 푸른 하늘.

구름도 추위 방구석에 처박혀서 나오지 않는 듯했다.

하물며 인간이 이리 돌아다녀야 하겠는가.

이곳의 추위는 뮬의 추위와는 감히 비교조차 할 수 없다.

'어, 연기……?'

딕스의 시선이 어느 한 지점에 붙박이처럼 고정되자 공주의 시선도 자연스럽게 그쪽으로 향했다.

"벨쟈키 부족의 영역에 다 왔네."

연기의 이유를 약탈과 방화의 소리 없는 메아리로 생각했던 딕스는 공주의 어감에서 반가움을 물씬 느낄 수 있었다.

'가만, 벨쟈키 부족이면… 앗, 온천 부족이다!'

뜨거운 물이 샘솟는 신비의 땅.

뮬 공국에도 그런 곳이 있다는 말은 들었지만 가보진 않았다.

그러니 온천은 딕스가 태어나 처음으로 경험하게 될 산지식이 될 것이다.

소년의 마음은 온천을 향해 전력을 다해 달리고 있었다.

"속도를 올려라!"

서커스단의 선두에서 뚱뚱이 단장이 오랜만에 목청을 길게 뺀다.

딕스는 처음으로 이 단장의 목소리가 듣기 좋다고 생각했다.

"이럇!"

"하앗!"

두두두두두.

적은 칼로 내려치고, 손님은 소를 잡아 맞이한다.

이는 리안 부족 연합의 성향을 함축적으로 나타내는 속담이다.

서커스단은 소를 잡아 대접하는 후자에 속한다.

모두에게 즐거움을 주는 자들을 어찌 박대하겠는가.

대부분의 단원들이 여관에 여장을 풀었다.

단체 투숙객이라 싼값에 방을 얻을 수 있었다.

돈도 중요하지만 건강이 더 중요한 법이다.

뜨거운 온천물에 몸을 담그고 느긋하게 피로를 푸는 것만으로도 좋은데, 이곳에는 남녀 혼탕도 있다.

리안 부족 연합은 성에 개방적이다.

또한 대륙에서 일부다처제를 공식적으로 인정하는 유일한 땅이기도 하다.

혼탕에 대해서 말로만 들었던 딕스는 실제 남녀가 함께 온천욕을 즐기는 모습을 보고,

'중요 부위는 다 가리는구나.'

실망했다.

여자의 몸!

옷 밖으로 드러난 것들을 통해 상체는 대충 상상할 수 있었지만 그 아래는 도저히 상상조차 할 수 없었다.

누군가 그랬다, 여자의 그곳에는 천사가 산다고.

추위로 꽁꽁 얼어붙어 있던 딕스의 사춘기는 이곳에서 급속 해동됐다.

작은 수컷이 눈에 독기(?)를 품는다.

반들반들.

"돈을 좀 더 주더라도 가족탕을 이용해야겠다."

목욕하려는 사람이 많은 것을 본 엘리자베스 공주가 주저하는 표정으로 이리 말했다.

"가족탕? 그런 것도 있어?"

"남녀가 따로 이용하는 탕도 있고, 지금처럼 혼탕도 있는데, 가족이나 연인을 위한 탕이 없겠니."

공주는 모르리라, 자신이 무심코 한 '여탕' 발언이 사춘기 소년에게 어떤 충격을 안겨주고 있는지를.

'그럼 여자들이 떼거지로 호, 홀랑 버, 벗고 저 안에서……!'

좀 전에 지나오면서 여자들만 들어가는 문을 보았다.

그곳은 남자들에게는 미지의 세계인 여탕이었다.

그 문 안쪽에서 여자들이 홀랑 벗고 위도 씻고, 천사가 산다는 그 아래도 씻고 한단 말이 아닌가.

딕스의 눈이 자꾸만 뒤통수로 이주하려고 한다.

"누나."

"응?"

"저기 저 분홍색 문이 여탕이지?"

"그런데 왜?"

"아까 보니까 남자애들도 들어간 것 같은데."

"어린애잖아. 다섯 살 이하는 출입이 가능해."

딕스는 그 순간 반사적으로 그 아이들이 축복받은 세대(?)라고 생각했다.

하지만 이러한 마음을 들키면 꼬마 변태로 공주에게 찍힐 테니 급히 표정 관리에 들어간다.

잠깐, 여탕에 집중하느라 뭔가 놓친 것 같은데 가족탕… 방금 공주가 가족탕이라고 말하지 않았던가.

그럼 그 가족탕이랑 곳에서는 가족이 모두 들어가 홀랑 벗고 씻는다는 의미? 이런 패륜의 장이 어찌 이 하늘 아래 있을 수 있단 말인가!

당장 이 온천물을 모조리 들어 올려 저 초원에 다 뿌리고 말리라!

하지만 달리 생각하면 지금 가족탕에 들어가야 하는 건 공주와 딕스, 가족이지만 가족이 아닌 두 사람이다.

세상에서 말소되어야 할 극악무도한 가족탕이 이 순간 천국의 문처럼 여겨지는 딕스다.

그것이 그의 얼굴에 여실히 나타나 저도 모르게 미소가 지어지고 있었다.

화사하게.

"딕스… 눈이 왜 갑자기 초승달이 됐어?"

"음, 물의 기운이 충만해서 그래. 정말… 물이 참 좋으네."

공주와 자신은 현재 가족이지 않은가.

홀랑 벗고 씻는다니… 그런데, 공주님 알몸을 봐도 되는 걸까? 즐거운 상상을 하던 딕스의 표정이 찬물이라도 끼얹은 듯 급격히 싸해진다.

공과 사를 넘나들면 종국에는 언제나 약자가 피를 보게 되어 있다.

잠시 그녀의 신분을 망각한 자신을 향해 딕스는 엄히 꾸짖었다.

'정신 차려, 저분은 공주님이다. 너 한 해 살다가 말거냐? 아니잖아!'

"어? 딕스, 베스."

한 무리의 여자들이 두 사람을 발견하고 반가운 표정으로 달려온다.

서커스단의 19금 댄스 누님들이다.

"누나들도 노천탕에 오셨어요?"

기본적으로 딕스는 여자에게 친절하고 상냥하다.

특히 몸매와 얼굴이 착한 여자들에게는 입안의 혀처럼 군다.

그 자신도 왜 그런지 모른다.

그냥 요즘 들어서 여자를 보면 무조건 친절해졌다.

이 때문에 종종 공주의 꾸지람을 듣지만 친절하고 싶은 욕구를 도저히 주체할 수가 없었다.

"어, 그러려고 왔는데… 사람들이 너무 많네."

"여탕에 가봐야 할 것 같아. 베스도 여탕 갈 거지?"

"저, 저는……."

"베스, 같이 가자."

19금 댄스 누님들.

사람들은 그녀들을 가리켜 밑바닥 여자인 창녀라 한다.

공주는 몸을 팔아서 사는 그녀들을 처음엔 몹시 싫어했다.

하지만 이들이 가슴에 안고 살아가는 사연을 알게 되면서부터 지금은 완고한 그 생각에 변화가 생겼다.

뮬 공국에도 창녀가 있다.

하지만 그들도 공국민인 이상 그녀가 껴안아야 하는 백성이다.

이러한 생각을 갖게 된 이후부터 서커스단의 댄서를 바라보는 공주의 시선과 태도는 몰라보게 달라졌다.

딕스는 댄서 누님들이 공주를 여탕으로 데려가려 하자 내심 안도했다.

'내가 골백번 미쳐도… 공주님의 몸을 어찌 감히.'

이는 절대 있을 수 없는 일이다.

차라리 남탕에 들어가 수컷들의 흉측함을 보는 게 훨씬

낫다.

당황한 공주가 자신은 딕스와 함께 가족탕에 갈 것이라고 급히 말한다.

그러자 댄서 누님들이 숙덕거리더니 돈을 모아서 특대 가족탕으로 가자고 제안했다.

'공주가 내겐 불행이로다!'

여체에 대한 호기심을 완전히 충족할 수 있는 절호의 기회였다.

공주만 없다면 제 돈을 들여서라도 그녀들을 데리고, 아니, 모셔가고 싶다.

이 얼마나 멋진 기회란 말인가.

하지만 소년은 지금 세상에서 가장 불행한 표정으로 기도하고 있었다.

신이시여, 부디 바라노니 행운을 주실 거면 온전하게 주시옵고, 불행을 주실 거면 온전하게 주옵소서! 어찌해 제겐 늘 공평하게 함께 주시나이까.

"저기요… 전 배가 아파서 좀 쉬어야 할 것 같아요."

떨어지지 않는 입을 떼고, 자리에서 발을 뗀다.

댄서 누님들이 함께 가자고 팔을 잡아끈다.

팔꿈치에 와 닿는 이 촉감은 뭐지? 아… 행복해라.

하지만 자신을 바라보는 공주의 복잡 미묘한 표정을 보자 도둑이 제 발 저리듯 조마조마해진 마음을 움켜잡고 극구 사양하며 황급히 달아난다.

'청소년은 공부할 권리가 있다!'

…불행한 사춘기 소년이 그리 외친다.

온천의 기운이 풍부한 안쪽은 바깥과 달리 살이 터질 것 같은 추위를 느낄 수 없다.

모두가 이를 당연한 현상으로만 여긴다.

하지만 딕스에게 이 현상은 몹시 특이한 느낌으로 다가왔다.

'수증기도 근본은 물이다. 그렇다면 저 수증기를 모으는 것도 가능하지 않을까?'

꾸준한 수련 덕분에 오메가 핵을 구동시켜 보이지 않는 곳의 물도 움직일 수 있게 되었다.

그 물의 파장을 통해 기척을 감지하는 기술도 터득했다.

그럼 물의 기체 상태인 수증기 역시 자신의 것으로 편입 가능하지 않을까? 딕스는 고민하지 않고 곧장 오메가 핵을 구동시켰다.

퍼져 있던 수증기는 그의 뜻대로 뭉치더니 순식간에 거대한 물 덩이가 되었다.

생각보다 너무 쉽게 이루어졌다.

물 덩이를 앞으로 가져온 딕스는 손으로 그것을 만져 보았다.

뜨거움이 느껴졌지만 손이 익을 정도는 아니었다.

'…나 진짜 천잰가?'

대륙엔 수많은 물의 재능자들이 소년 이전에도 존재했고, 소년과 동시대에도 존재한다. 하지만 그중 그 누구도 소년과 같은 능력을 발휘하지 못했다.

그 이유는 소년이 절대 불가능한 핵의 본체를 다스리는 일을 해낸 최초의 인물이기 때문이다.

딕스는 모았던 물 덩이를 하늘 높이 날려 흩어버렸다.

소년에게는 기발한 아이디어가 끊임없이 튀어나왔다.

딕스는 곧장 세면장으로 뛰어가 대야에 차가운 물을 가득 담았다.

'뜨거운 물도 물이요, 차가운 물도 물이지. 그리고 수증기도 물!'

차가운 물을 뜨겁게 한다.

뜨거운 물을 차갑게 한다.

그리고 물을 기체 상태로 기화시킨다.

세 가지 과제를 수행하기 위해 딕스는 오메가 핵을 구동시켰다.

마나의 저수지 아래 쉬고 있던 오메가 핵이 그의 부름을 듣고 움직인다.

마나의 수면으로 부상한 오메가 핵이 움직이자 마나의 저수지가 순식간에 끓어올랐다.

그 힘은 곧장 현실 세계에 영향을 끼쳤다.

대야 속 차가운 물.

수면이 천천히 움직이더니 어느 순간 폭발적으로 끓어 넘친다.

부글부글.

닿는 모든 걸 익혀 버릴 무시무시한 기세.

딕스는 자신이 행한 일에 깜짝 놀랐다.

설마 진짜 될 줄이야.

뜨거운 물을 다시 찬물로 바꿔 다시 해본다.

이번에도 성공했다.

반복적으로 딕스는 물을 뜨겁고 차갑게 번갈아 바꾸며 실험했다.

비록 마나의 소모가 컸지만 뜻한 바대로 쉽게 이루어졌다.

어차피 소모된 마나는 곧 충전된다.

딕스는 특이하게 의도적으로 마나 축적을 하지 않아도 오메가 핵이 알아서 외부의 마나를 효율적으로 끌어모아 마나의 저수지를 항상 가득 채워준다.

오메가 핵은 가끔 마나의 저수지를 자력으로 확대하기도 했다.

이처럼 최상의 내조를 받고 있다 보니 딕스는 다른 견습 마법사들처럼 마나 부족 현상에 시달린 적이 초반을 제외하곤 단 한 번도 없었다.

물론 한꺼번에 많은 양의 마나를 써버리면 오메가 핵도 감당할 수 없겠지만, 광역 마법을 한 번도 써본 적이 없는 그로서는 마나란 늘 차고 넘치는 에너지원이라 생각할 수밖에 없었다.

"물을 얼리는 것도 가능하지 않을까? 그럼 여름엔 대박인데!"

그의 의지는 곧 오메가 핵에게 전달됐고, 대야의 물은 얼음덩이가 되었다.

쩍쩍.

뜨거운 기운과 찬 기운이 만나 얼음이 깨어진다.

다양한 모양의 얼음 파편이 대야에 둥둥 떠다닌다.

그 파편들이 일제히 딕스의 명령으로 움직인다.

'어, 얼음이 화살촉 같잖아!'

이것은 흉기다. 나아가 살상 병기다.

이것을 자신의 적을 향해 날려 버린다면……!

꿀꺽.

딕스는 얼음의 파편을 모조리 다시 물로 바꾸어 버렸다.

심장이 미친 듯이 뛰기 시작했다.

소년이 지금 한 일은 전투 골렘을 이용한 마법사들의 고유 영역으로 알려진 기술이다.

그 영역의 기술을 견습 마법사에 불과한 소년이 손바닥 뒤집듯이 제 육신만으로 해내고 있었다.

그가 장차 자신만의 마력 문장을 완성해 전투 골렘을 소환한다면 그의 적은 두 명의 전투 골렘을 상대하는 매우 희귀한 경험을 하게 될 것이다.

'이 주변엔 수증기 천지인데… 안개 같은 그것을 끓일 수도 있지 않을까? 아니면 차갑게 하는 방법도?'

될 것 같다.

가능할 것 같다는 신호가 온다.

당장 해볼까 하는 유혹이 찾아든다.

하지만 소년은 이 유혹을 떨쳐낸다.

사람이 국거리용 고기도 아니고 어찌 익혀 버린단 말인가! 이는 인간으로서 도저히 할 수 없는 잔인한 짓거리다.

그래도 규모를 작게 해보면 괜찮지 않을까.

"금붕어나 사와야겠다."

냉큼 일어나 시장으로 달려가는 딕스다.

'에고, 힘드네. 운동 부족인가?'

덤으로 자신의 부실한 체력을 깨닫는 기회도 갖는다.

헉헉.

*　　　*　　　*

클라우드 폰 야니스.

카페니스 제국 4대 공작 가문 중 야니스 가문의 차남으로 황제로부터 총애를 받는 천재 마법사이다.

뿐만 아니라 십 대에 자신만의 완전 마력 문장을 완성해 제국은 물론 대륙의 모든 마법사를 깜짝 놀라게 했던 인물이기도 하다.

이런 그에게도 깊은 고충이 있었으니, 바로 서자의 굴레였다.

법대로 하자면 클라우드는 준귀족의 대우만 받을 수 있으며 지금처럼 야니스 가문의 성은 언감생심 꿈도 꾸지 못한다.

그런 그가 공작 가문의 차남으로 인정받고 야니스 성을 사용할 수 있었던 이유는 오직 그 자신의 능력 때문이다.

그러나 이런 그도 서자의 굴레에서 완전히 벗어날 수는 없어 야니스 가문의 사람인 건 인정받았으나 결코 후계자는 될 수 없었다.

두각을 나타내지 못했을 때의 클라우드의 삶은 주변인들의 입을 빌리자면 고독한 가시밭길이었다고 한다.

지금은 다들 그때의 일을 쉬쉬한다.

장차 제국 제일의 마법사가 될지도 모를 클라우드의 미래가 두려워서다.

그는 지금 은밀하게 조사를 시킨 일에 대한 보고를 받고 있는 중이다.

천 개의 눈.

야니스 가문이 운영하는 정보 조직이다.

왕국도 아닌 제국의 4대 공작 가문이니 겉으로 드러난 것보다 안으로 감춰진 힘이 더 강성한 건 두말할 필요도 없다.

"엘리자베스 공녀의 사건 현장을 중심으로 사방 백 킬로미터를 수색 완료했습니다. 공녀의 흔적은 발견되지 않았습니다. 계획적인 잠적으로 가정해 공녀의 동선을 추정해 추적했으나 이 역시 실패입니다. 공국 내 친제국파의 협조를 구해 아리온스에 나가 있는 공국 출신 주요 인사들을 감시한 결과 그들에게서도 특이점은 발견되지 않았습니다. 이상이 현재까지 진행된 공녀에 대한 조사 결과입니다. 참고로 공녀의 실종 기간 중 아리온스 왕국의 드리건 반 브레이크 후작의 아들과 손자가 자국 내 서쪽 도시 앙할 시에 들렀습니다. 그 외 별다른 특이 사항은 없었습니다."

수개월에 걸친 조사의 최종 결과였다.

클라우드는 실망감을 감추지 못했다.

엘리자베스 공주는 자신의 굴레를 벗어 던질 최고의 조건을 갖춘 여인이었다.

그녀를 얻음으로써 가슴에 뭉친 응어리, 서자이기에 멈출 수밖에 없는 그 한을 풀려고 했다.

한데 자신의 한을 풀어줄 그 여인이 사라졌다.

공교롭게도 자신이 그녀를 만나러 간다는 소문이 나면서 벌어진 사고다.

이를 어찌 우연이라 생각할 수 있겠는가.

그래서 부친께 부탁해 천 개의 눈을 발동시켜 공주를 추적하게 했다.

하지만 그 결과에 대한 보고는 그에게 실망만 안겨주었다.

'그녀는… 살아 있다.'

클라우드의 직감이 꿈틀대며 그렇게 말하고 있었다.

다 잡은 물고기였고, 새장에 가두어둔 새였다.

그런데 그 물고기가, 그 새가 달아나 버렸다.

급한 마음에 서두른 감은 있지만 설마하니 이런 방법으로 그녀가 달아날 줄은 그도 예상하지 못했다.

그럼으로써 공녀는 자신의 모든 것을 버렸다.

나라도, 부모도, 자신의 지위도, 그 모든 걸 버린 공녀는 그에게 더 이상 가치가 없다.

과연 그녀는 진정으로 자신이 가진 걸 다 버리고 자신에게서 벗어나려고 했을까? 그것밖에 안 되는 여자였던가? 자신이 본 그녀의 눈빛은 그게 아니었다.

그 눈빛에는 강력하고 굳은 의지가 서려 있었다.

그런 여자가 포기하고 달아났다는 것을 적어도 클라우드는 믿지 않는 쪽이다.

"그녀가 접촉하고 이용할 제삼의 세력은 없나?"

"공국의 정보 조직 검은 부엉이의 움직임은 없었습니다. 제삼의 세력이 있다면 적어도 그들이 한 번쯤은 움직여야 합니다. 하지만 저희가 지켜본 바 그런 일은 없었습니다. 이건 개인적인 추측입니다만, 들어 보시겠습니까?"

"말해 봐."

"공자님께서 의심하시는 부분이 사실이란 가정하에 제 나름대로 생각해 보았습니다. 이 일이 공녀의 계획이라면 그녀는 무언가를 얻기 위해서 자신의 죽음을 위장하고 잠적했을 겁니다. 또한, 그 일을 위해 오래전부터 준비했을 가능성도 농후합니다. 만일 그렇다면 더 오랜 시간을, 더 많은 투자를 해야 공녀의 꼬리를 잡아낼 수 있을 겁니다."

야니스 가문이 운영하는 천 개의 눈은 클라우드의 사조직이 아니다.

그의 부친에게서 잠시 빌렸을 뿐이다.

이 이상 천 개의 눈을 개인적인 목적으로 재사용하겠다고 부친에게 말할 수는 없었다.

그렇다면 방법은 한 가지뿐이다.

'기다려 주지, 그대가 무엇을 쥐고 오는지.'

결정을 내린 클라우드는 자리를 박차듯 일어났다.

"공녀에 대한 추격을 오늘부로 종료한다."

저벅저벅.

카페니스 제국의 4대 공작 가문 중 일 문, 야니스.

공주는 야니스 가문의 집요한 추적을 그렇게 따돌릴 수 있었다.

연관 점을 전혀 찾을 수 없는 인연에 숨어서.

＊　　　＊　　　＊

"딕스!"

"어라? 누난 여기 왜 있어?"

금붕어를 사러 갔던 딕스는 뜻한 목적을 이루지 못했다.

그래서 금붕어를 대체할 생물로 쥐 다섯 마리를 구입했다.

시장에서 왜 쥐를 파는지 궁금했지만 문화적 차이로 치부해 버렸다.

참고로 그가 구입한 쥐는 이곳에서 식용으로 쓴다.

그렇게 실험을 위해 구입한 쥐를 들고 여관으로 돌아가던 길에서 엉뚱한 이를 만난 것이다.

지금쯤 그녀는 19금 댄서 누나들과 특대 가족탕에서 놀고 있을 시간인데.

"볼일 보러 왔지. 그런 넌? 그건 뭐야?"

"이거?"

쥐가 든 바구니를 들어 보이는 딕스의 표정이 살짝 구겨진다.

그러나 그 찡그림은 금세 웃음으로 승화된다.

짐승도 자신의 발톱을 숨긴다. 하물며 사람이 어찌 경박스럽게 이를 내보인단 말인가.

남자는 비장의 한 수를 늘 갖추고 있어야 하는 법.

"응."

"쥐야."

"……?!"

딕스는 공주의 얼굴에서 두려움을 읽었다.

어라, 저 대범하신 공주님이 지금 쥐를 무서워하는 건가? 소년은 의외의 수확을 얻은 상인처럼 히죽거렸다.

그렇다고 이 쥐를 이용해 공주를 울릴 생각은 전혀 없었다.

지금은 서로 말을 트고 '누나 동생' 하지만 일이 끝나고 궁으로 돌아가면 다시 예전처럼 공주 마마, 소인이 어쩌고저쩌고 해야 한다.

그날을 위해서라도 뇌리에 깊이 남을 장난으로 그녀를 난처하게 하면 안 된다.

대단히, 무척, 많이, 크게 아쉽지만 어쩌겠는가.

계급이 깡패인 조직 사회를 살아가는 월급쟁이 처지인 것을.

"노, 놀라지 마. 시장에 팔아서……."

판다고 다 사는 사람이 과연 몇이나 되겠는가! 그럼 산 이유를 밝혀야 한다.

공주가 주춤거리며 뒷걸음질한다.

그녀의 표정은 예전 고향 마을 여자애들이 자신이 손에 쥔 것을 무조건 경계하던 것과 판박이다.

어린애도 아닌데 설마하니 그때처럼 이걸 던지거나 치마 속에 집어넣는 만행을 저지를까.

대체 사람을 어찌 보고 공주께선 저런 눈빛으로 자신을 보시는 걸까.

딕스는 슬퍼졌다.

'나도 이제 열네 살인데. 흠, 씁쓸하군.'

"왜, 왜 샀는데! 그 흉측한 것을."

딕스는 쥐가 든 바구니를 냉큼 등 뒤로 감추었다.

지금은 슬픔보다는 순발력이 필요한 때다.

"쥐 경주라고 들어봤어?"

"경주라면… 빠름을 겨루는 것 말이니."

"맞아, 오면서 보니까 이걸 이용해서 내기 같은 걸 하잖아. 그래서 나도 해볼까 하고 샀어."

하루 이틀 보는 것도 아니고 딕스가 재물에 유독 취약하다는 것쯤은 공주도 알아차리고 있었다.

어린 게 없이 살다 보니 그러려니 했다.

안쓰러운 마음에 동부에서 수입을 올릴 수 있도록 눈 딱 감고 도와주기도 했다.

거기서 꽤 많이 챙겼을 텐데 아직도 만족을 못하고 원정 도박이라니.

대체 저 아이를 어쩔까 싶은 공주다.

"휴우, 그건 나중에 하고 나랑 좀 걸을래?"

"어."

이 쥐를 상대로 실험하고 싶은 마음이 굴뚝이지만 공주의 표정을 보니 차마 싫다고 할 수 없다.

두 사람은 시끄러운 시장통을 벗어나 한적한 주택가의 외곽까지 나와 적당한 곳을 찾아 앉았다.

"딕스."

"응."

"네 큰형이 돌아왔대."

공주가 무슨 말을 할까 조마조마했던 소년은 그녀의 말에 순식간에 진중한 모습이 되었다.

자신이 탐정을 고용해도 알아내지 못한 일을 멀리에서도 보고받다니, 확실히 사람은 높은 자리에 있고 봐야 한다.

"이유가… 이유가 뭐랍니까? 그딴 편지 하나 달랑 보내고 사라진 이유요."

그 편지를 받고 얼마나 마음을 졸였던가.

자신이 알던 것과 달리 가족에게 참화가 당장 닥치면 어쩌나 숨이 막힐 지경이었다.

다행히 집안에 별일이 없어 한시름 놓았지만 고향으로 가는 내내 표현은 하지 않았어도 무척 무서웠었다.

그런데 그 모든 고통의 원인을 제공한 큰형이 무사히 돌아왔다고 한다.

부모 형제 간에도 정산은 철저히 해야 하는 법!

여자에게 푹 빠져 학업을 등한시한 소년의 작은형 마크, 소년의 청탁을 받은 교관들로 인해 마크는 혹독한 교육을 받고 있다.

말이야 졸업 때까지 힘차게 굴리라고 청탁을 했지만 마음이 여린 관계로 몇 달만 고생시키려 했는데 상황이 이러니…….

'…작은형, 내가 갈 때까지 참아라. 내가 가면 당장 금제를 풀어줄게.'

과연 언제 돌아갈지는 아직 미지수지만 일단 맘속으로나마 다짐해 본다.

"몬스터 섬멸대라고 아니?"

"음… 그거, 정부의 의뢰를 받고 몬스터를 상대하는 민간 조직 아닌가요?"

"맞아, 네 형은 그곳에 있었대."

"왜요? 왜 그런 위험한 곳에 형이 간 거죠? 도대체 왜 그런 황당한 짓을……!"

엘리자베스가 작게 헛기침을 한 뒤 소년의 큰형이 어떤 마음으로 몬스터 섬멸대에 들어갔는지 이야기해 준다.

"가난하고 배경이 없는 아카데미 졸업반 학생들 중 절박한 이들이 몬스터 섬멸대에 단기로 입대해. 아카데미는 이들의 출석 일수를 인정하지. 그리고 그들이 몬스터 섬멸대에서 공적을 쌓으면 공적 증명서를 발부해 줘. 그 증명서는 졸업생의 취업에 유리한 경력으로 작용해. 네 큰형이 너에게 거짓 편지를 보낸 건 널 걱정시키지 않으려는 마음에서가 아닐까 싶어."

목숨을 걸고 싸워야 하는 곳이 몬스터 섬멸대다.

그러니 어찌 막냇동생에게 이 사실을 곧이곧대로 알린단 말인가.

내왕이라도 자주 없다면 말없이 갔겠지만 빠르면 일주일, 늦어도 이 주에 한 번씩 꼭꼭 찾아오는 막냇동생이다 보니 테일 입장에선 어쩔 수 없이 고향을 핑계로 잡은 것이다.

형의 심정이 어떠했든, 상황이 어찌 됐든 딕스는 진심으로 화가 났다.

걸 게 없어 목숨을 걸다니!

'바보같이. 그냥 얌전히 있으면 내가 다 알아서 해줄 텐데.'

소년은 모르리라, 자신으로 인해 동생의 발목을 잡고 싶지 않은 형의 심정을.

동생에게 의지하는 형이 아니라, 의지가 되고 싶은 형의 마음을.

"넌 든든하고 멋진 형제를 두었구나."

엘리자베스 공주의 표정과 목소리에서 그녀의 깊은 진심이 엿보인다.

무남독녀, 그것도 막중한 책임감을 떠안고 사는 그녀에게 딕스의 큰형 테일은 깊은 인상을 심어주기에 충분했다.

테일은 지금 그 자신의 노력으로 장차 공국의 주인 될 사람에게 제 이름을 확실히 각인시켰다.

물론, 딕스라는 연결 고리가 있어 가능한 일이다.

"…어디 다친 데는 없대요?"

처음엔 화가 머리끝까지 치밀었지만 형의 마음을 떠올려 보니 점차 안타까움이 치밀고 올라온다.

그 누가 자신의 목숨을 던지는 일에 초연할 수 있겠는가.

모르긴 몰라도 테일은 불면의 밤을 보내며 깊은 고심을 했으리라.

"다친 곳은 없대."

"그렇군요. 고마워요, 공주님. 약속을 지켜주셔서. 이 은혜는 절대 잊지 않겠습니다. 정말 감사합니다."

"딕스, 여긴 왕궁이 아니잖아. 호칭과 말투를 조심해."

"아, 알았어. 어……?"

"왜?"

"바, 바구니에 구멍이……!"

공주의 눈길이 소년이 보는 곳으로 간다.

과연 그곳에는 구멍이 뚫려 있었다.

저 바구니는 쥐를 담은 곳.

그럼, 쥐는……?

"꺄아아아아아아아아아—악!"

다섯 마리의 쥐 중 한 마리가 방향치인지 공주의 치마 속으로 들어갔다.

녀석들도 천사를 보고 싶은 걸까? 그렇다면 수컷이란 말인데.

'난… 죽었다!'

딕스의 혈색이 급변하고 볼살이 쭉 빠진다.

소년은 쥐를 잡기 위해 '홀렁!' 공주의 치마를 뒤집고 그 안으로 뛰어들었다.

결코 딴 뜻이 있어서가 아니다.

이성이 당혹감에 잡아먹혔기에 가능한 행동이다.

'어? 저 손바닥만 한 천 쪼가리는… 저것은… 헐~ 대박!'

쥐를 잡아야 하는데… 쥐는 보이지 않고 엉뚱한 것만 보인다.

"꺄아아아아아아아아—악! 빨리, 빨리! 어어어엉엉엉엉!"

'공주님, 좀 조용히 해주세요. 지금 집중하는 거 안 보임?'

공주를 울렸다. 게다가 공주를 기절시켰다.

그런데… 좋다!

헤벌쭉.

그녀의 은혜에 보답하기 위해 분골쇄신할 터이지만, 이 순간만은 그냥 남자이고 싶은 딕스다.

제5장

사람은 오래 살고 볼 일이다

벨쟈키 부족에서 열흘을 공연한 서커스단은 북쪽으로 이동했다.

지난한 추위와의 싸움이 또다시 시작됐다.

유난히 추위를 많이 타는 딕스에게 노천에서의 하루하루는 고통의 연속이다.

지난 그의 모습을 떠올리면 누구나 수긍한다.

하지만 그때의 그 소년은 지금 확 달라져 있었다.

"이젠 춥다는 말을 안 하네?"

소년에게서는 따뜻한 방 안에서 창밖을 바라보는 자의 가벼운 여유마저 느껴지고 있었다.

몇 번이나 눈을 비비고 봐도 그렇다.

엘리자베스 공주는 완전히 변한 딕스의 태도를 도저히 이해할 수 없었다.

"요, 요령이 생겨서 그래."

"…요령? 어디 아프니?"

추위와 더위에 요령이 붙는다는 말을 공주는 들어본 적도 없고, 그것이 가능한 일이라고도 생각해 본 바 없다. 걱정을 드러내며 공주가 소년의 이마에 손을 댄다.

그녀의 손길에 소년은 화들짝 놀라 고개를 뒤로 당겼다.

자신의 손을 소년이 황급히 피해 버리자 공주는 순간 상처받았다.

사실 이것이 처음은 아니었다.

얼마 전부터 소년은 공주를 피하고 있다.

차라리 노골적이라면 이유라도 따져 물을 텐데 소년의 행동이 워낙에 교묘하고 자연스러워 그녀는 꼬투리를 잡을 수 없었다.

혹시 소년이 자신에게 실망한 일이라도 있나 싶어 그녀는 여러 날을 곰곰이 생각해 보기도 했었다.

'얘가 대체 왜 이래? 내가 나환자도 아니고!'

한두 번은 몰라도 그 일이 몇 날 며칠 계속되자 쌓이고 쌓인 감정이 하나가 되어 북받친다.

껄끄럽고 답답한 느낌과 기분을 시원하게 확 토하고 싶으나, 명색이 어른—18세 성인—이니 애를 상대로 욱할 수도 없었다.

"안 아파, 좋아."

지금도 눈길을 안 맞춘다.

스킨십을 피하고, 눈길도 피하는 소년.

가끔 자신이 장난으로 툭 건들라치면 전에도 놀라긴 했지만 요즘은 이전과 비교할 수 없을 만큼 반응이 격렬해졌다.

자신이 대바늘로 그를 찌른 게 아닐까 생각될 정도다.

딕스는 공주가 자신을 말없이 노려보는 것을 느낄 수 있었다.

그녀의 시선이 모인 신체 부위는 마치 모닥불을 피운 듯 뜨겁고 화끈거렸다.

사실 소년은 온천 부족의 영지에서 우연히 그녀의 속옷을 본 후부터 공주에게 죄의식을 느끼고 있었다.

당시엔 그저 좋았다는 느낌뿐이었다.

한데 시간이 지나면서 그 느낌이 죄의식으로 바뀌었다.

그 이유는 소년의 꿈속에서 찾을 수 있다.

공주는 매일 소년의 꿈속에 나타나 문어 빨판처럼 그를 빨아들여 황홀하게 해준 뒤 날개 달린 분홍 속옷이 되어 하늘로 훨훨 날아가 버렸다.

유치찬란한 이 꿈을 소년은 매일 꾸었다.

그리고 새벽마다 그는 공주의 잠귀를 경계하며 속옷을 세

탁했다.

'내가 물의 견습 마법사니 망정이지, 휴우.'

소년이 땅, 불, 바람의 견습 마법사였다면 속옷이 하나도 남아나지 않았으리라.

"딕스."

공주의 표정과 어감이 전에 없이 까칠해졌다.

소년도 이를 느꼈지만 그녀의 마음을 풀어줄 여력이 없었다.

소년에게 공주는 날개 달린 분홍 속옷이었으니까.

딕스는 그녀를 바라보지 못한 채 우물쭈물 대답했다.

"…어?"

"요즘 너 많이 변했어. 왜지? 내게 불만이라도 있는 거니? 있다면 말해줘. 우리는 한 팀이야. 언제까지 그렇게 데면데면 할 거니? 내가 너에게 실수한 거라도 있으면 얘기해 줘. 문제를 알아야 고칠 거 아니니."

소년에게 공주는 그림 속 빵이다.

안 보면 속이라도 편할 텐데, 매일 그녀를 봐야 하는 데다 꿈속에서조차 만날 나타나는 그녀로 인해 소년은 미치기 일보 직전이다.

그런 그에게 공주가 제안한 이성적인 대화란 물속에서 모닥불 피우기다.

"별일 아니야. 그냥 수련에 진척이 없다 보니… 좀 예민해졌나 봐."

소년의 말은 100% 거짓말이다.

그런데 공주는 소년의 이 말을 진지하게, 진실로 받아들인다.

그녀도 재능자이기 때문에 그 심정을 누구보다 잘 이해하고 있기 때문이다.

'딕스는 나보다 더 애가 타겠구나!'

자신만의 완전 마력 문장을 알아가는 과정은 고도의 집중력이 필요하다.

하지만 지금의 환경은 수련의 방해 요소로 넘쳐 난다.

차라리 그 시간에 책이나 한 줄 더 읽고 잠이나 한숨 더 자는 게 효율적이다.

이 때문에 공주도 딕스에게 공부를 시키지 않았던가.

"그렇구나. 하긴 너에 대해 내 배려가 부족했던 것 같다. 미안해."

사과하면서 손은 왜 잡는단 말인가.

그녀는 별생각 없이 한 일이지만 개구리―소년―는 맞아죽는다.

그때였다.

소년이 그녀의 손에서 자신의 손을 빼려던 순간 포장마차가 크게 덜컹거리며 정지했다.

워낙에 느리게 이동하다 보니 급정지였지만 다행히 사고

는 없었다.

"밖에 무슨 일이 있나 보네."

기회다 싶은 딕스는 곧장 마차에서 뛰어내렸다.

두두두.

전방에서 흙먼지가 자욱하게 피어올랐다.

대열이 멈춘 이유가 바로 저 흙먼지 때문임을 소년은 알 수 있었다.

뒤따라 마차에서 내린 공주가 소년 옆에 섰을 때였다.

대열의 전방에서 달려왔던 기마대의 후미가 좌우로 움직이더니 서커스단을 포위해 버렸다.

이를 본 사람들이 깜짝 놀라 몸을 움츠렸다.

기마의 숫자는 얼핏 보아도 백이 훌쩍 넘었다.

서커스 단원들의 숫자는 150명으로 남녀노소가 섞여 있었다.

하지만 잘 훈련된 기마군과 싸우는 일은 침몰 중인 난파선에 승선하는 꼴이다.

이때는 무조건 고분고분해야 한다.

이 점을 서커스 단원들은 주지하고 있었다.

"우리는 벨쟈키 부족의 기병이다! 남자들은 병사들의 지시에 따라 한곳으로 모여라! 불응하면 그 자리에서 참수하겠다!"

병사들의 거친 태도에 사람들은 크게 당황했다.

다들 어찌할 바를 몰라 우왕좌왕했고, 맘이 약한 여자들은 울음을 터뜨렸다.

병사들에 의해 남자들이 모두 한곳에 모였다.

여기엔 딕스도 포함되었다.

단장이 대장으로 보이는 자 앞으로 굽실거리며 걸어 나갔다.

"자, 장교님. 무슨 일이신지요. 저희는 죄를 짓지 않았습니다요."

"너희가 죄를 지어서 붙잡은 게 아니다. 우리는 원로원이 정한 법률에 근거해 몬스터 침공에 맞서 싸울 장정을 긴급 징집하는 것뿐이다."

성물―피닉스의 왕관―이 분실된 연합의 지난 3백 년, 그 긴 세월 연합을 지탱한 곳이 바로 원로원이다.

연합에서 원로원의 명령은 곧 왕명과 같다고 보면 된다.

"저, 저희는 외국인입니다. 연합인이 아닙니다요, 장교님."

"상관없다. 흠, 저 꼬맹이는 뭐냐? 애는 빼라. 저 난쟁이도 빼고… 꼽추와 늙은이도 빼! 남자라고 다 같은 남자냐!"

장교가 지목한 자들과 함께 딕스는 징집에서 빠지게 되었다.

살벌하고 위험한 몬스터와의 싸움에서 빠졌으니 당연히 기뻐해야 한다.

하지만 기쁨보다 찝찝함이 더 컸다.

병사들에게 잡혀간 소년이 무사히 돌아오자 공주는 기쁜 마음에 그를 덥석 안아준다.

"다행이야!"

"그렇긴 한데⋯⋯. 흠, 그보다 앞으로 어쩌지? 몬스터들이 잠잠해질 때까지 기다려야 할 것 같은데."

"할 수 없지. 당분간 사태의 추이를 지켜볼 수밖에."

싸우기에 적당하지 않은 체형의 단장은 장교에게 애걸복걸해 징집에서 빠졌다.

응당 여기엔 뇌물의 힘도 한몫했다.

병사들은 남자들을 데려가는 것으로 끝내지 않고 서커스단이 가진 맹수와 몬스터를 모두 죽였다.

병사들의 기세가 하도 사나워 누구도 이를 막을 수 없었다.

"크와아아아앙!"

"키에에에엑!"

"케엥—!"

우리는 동물과 몬스터의 피로 흠뻑 젖었다.

일을 끝낸 병사들은 서커스단이 가진 말과 식량을 징발했다.

그나마 딱 절반만 가져간 것이 위안이라면 위안이었다.

장교는 징발했음을 증명하는 서류를 그 자리에서 작성해 단장에게 주었다.

분하고 억울했지만 병사들이 앞서 보인 흉흉한 기세에 주눅이 든 단장은 냉큼 서류를 받았다.

"최대한 남쪽으로 가는 게 좋을 것이다!"

이 말을 남기고 병사들은 징발한 남자들을 데리고 가버렸다.

합법적인 약탈로 인해 서커스단은 순식간에 만신창이가 되었다.

"난… 난 망했어! 으허어헝!"

북풍이 몰아치는 겨울 벌판에 목 놓아 우는 단장의 울음소리만이 울려 퍼졌다.

마차로 울타리를 만든다.

평상시였다면 금세 끝날 일인데 오늘은 규모가 반으로 줄었음에도 불구하고 두 배의 노력과 시간이 들어간다.

이 모든 걸 끝내고 모두가 힘을 합쳐 울타리 안쪽에 모닥불을 피운다.

이 역시 더디기만 하다.

모래를 잔뜩 머금은 바람은 거칠고 날씨는 몹시 차가웠지만 남겨진 단원들의 마음은 이보다 더 거칠고 춥다.

잔뜩 움츠린 사람들을 보고 있노라니 절로 힘이 쭉 빠진다.

낮에 병사들에게 징발당해 남아 있는 게 거의 없다.

여기서 이틀 정도 남쪽으로 내려가면 큰 마을이 나온다.

단장은 그곳까지 간 뒤 앞으로의 일을 상의하자고 했고 모두가 고갯짓으로 조용히 동의했다.

밤은 점점 더 깊어진다.

남자들이 모두 끌려가는 통에 남은 자들이 분담해 불침번을 맡았다.

불침번 시간은 제비뽑기로 정했고 딕스와 공주도 열외가 아니었다.

공주는 초저녁이라 근무를 끝내고 잠이 들었다.

잠든 그녀를 확인한 소년은 조용히 천막 밖으로 나왔다.

때마침 불침번을 함께 할 짝꿍 로라가 온다.

로라는 19금 댄서 팀의 댄서로 그 팀의 막내다.

공주는 그녀와 자신의 순번을 바꾸려 했지만 딕스는 이를 말렸다.

이 시간에 불침번을 서면 근무를 다 끝내고도 잘 수 없기 때문이다.

두 사람은 야영지 북쪽으로 이동해 불침번을 서야 하는 장소로 갔다.

전 근무자가 돌아가고 두 사람은 그들이 머물렀던 자리에 앉았다.

앞으로 두 시간을 이렇게 멍하니 전방을 주시한 채 추위와 싸워야 한다.

"모포 같이 덮자."

"그래."

따로 모포를 덮고 있는 것보다 모포 두 개를 겹쳐 함께 덮는 게 효율적으로 추위를 막는 방법이다.

로라가 먼저 이 방법을 제안했고 딕스는 이를 거부하지 않았다.

"베스는 앞으로 어쩔 거라고 하니?"

"생각 중인 것 같아."

"휴우, 갑자기 이 무슨 난린지."

"그런데 누나는 앞으로 어쩔 생각이야?"

"딱히 생각한 건 없어. 팀 언니들과 상의해서 함께 움직일지, 아니면 따로따로 움직일지 마을에 도착한 다음에 상의한 뒤 결정해야지. 아마 함께 움직이지 않을까 싶어. 우린 한 팀이니까."

혼자 불침번을 섰다면 춥고 재미없을 것이다.

그나마 두 사람이 함께 불침번을 서다 보니 두런두런 얘기하는 재미가 있었다.

더욱이 로라는 젊고 예쁜 여자다.

"그렇군… 응?"

안색을 굳히며 전방을 쏘아보는 소년의 행동에 겁이 난 로라는 반사적으로 그의 팔을 움켜잡았다. 평소 같았으면 번쩍 정신이 들었을 소년은 이에 별다른 감흥을 받지 못했다.

온 신경이 전방으로 향하고 있었기 때문이다.

"왜… 왜 그래?"

"저 앞에서 뭔가가 움직인 것 같아."

"들짐승 아닐…까?"

"쉿! 조용."

긴장한 소년의 반응에 로라는 그가 위험한 무엇인가를 보았다고 믿게 되었다.

로라의 몸과 눈빛이 심하게 떨리기 시작했다.

서커스단엔 제대로 힘을 쓸 수 있는 남자가 없다 보니 그녀의 두려움은 자연 클 수밖에 없었다. 소년의 팔을 쥔 로라의 손에 힘이 부쩍 들어간다.

덜덜덜.

딕스는 오메가 핵을 구동시켰다.

강제 징집과 징발은 사회적으로 커다란 불안감을 조성한다.

그래서 어지간하면 이런 조치는 발동되지 않는데 갑작스럽게 발동되었다는 것은 몬스터 침공이 대규모라는 의미가 아니겠는가.

그렇다면 본 무리에서 떨어진 작은 무리가 있을 수도 있다.

만일 자신의 생각이 맞는다면 사소한 것도 놓치면 안 된다.

'생명체 반응… 일곱!'

딕스가 본 것은 하나였다. 한데 그곳에 하나가 아닌 일곱이 있다.

여기만 그럴까? 아니면 다른 곳도 그럴까? 확인을 위해 딕스는 야영지 주변으로 급히 물의 척후를 급파했다.

시시각각 변하는 딕스의 표정은 곁에 있던 로라를 더욱더 두려움에 빠뜨렸다.

"디, 딕스… 장난이라면 그만둬! 나 정말 무서워, 흑흑."

조금만 건드려도 눈물을 펑펑 쏟을 것 같은 로라.

딕스에겐 그녀를 놀릴 마음도, 겁줄 생각도 전혀 없었다.

확인한 것에 스스로 놀라기에도 그는 벅찼으니까.

'포, 포위됐어!'

모든 결과엔 이유가 있다.

몬스터의 침공 역시 마찬가지다.

벨쟈키 부족은 최근 개발한 광산 인근 지역 생태계를 지배하던 대형 맹수와 몬스터를 제거했다. 이는 광부의 안전과 광물의 수송을 위해서였다.

덕분에 보금자리를 잃은 초식 동물이 생존을 위해 이동하기 시작했고, 이들을 쫓아 타 지역의 맹수와 몬스터가 모이는 것이었다.

처음엔 계단 하나를 내려오는 정도로 불어나던 몬스터의 증가 속도가 어느 순간 비탈길을 굴러 내려오는 눈덩이만큼 빨라졌다.

그래서 결국 이 사달이 발생했다.

"로라 누나, 당장 사람들을 깨워요. 크게 소리치지 말아요.

조용히, 최대한 조용하게 깨우세요."

계획 없이 상대를 자극하는 짓은 바보나 하는 것이다.

이쪽이 저쪽보다 힘이 약할 때는 더더욱 경계해야 할 행위다.

싸울 수 있는 남자들이 빠져나간 서커스단은 제 한 몸 건사하기에도 벅찬 약자들의 무리이다.

딕스는 여러 번 당부한 뒤 그녀를 보냈다.

그녀가 휘날리는 횃불의 저편으로 완전히 모습을 감추자 소년은 자신의 천막으로 마나를 보냈다.

엘리자베스는 잠들어 있었다.

주변을 살피자 용기에 담긴 물은 모조리 꽁꽁 얼어 있었다.

그녀가 숨을 쉴 때마다 코와 입에서 더운 김이 뿜어져 나왔다.

딕스의 마나는 용기 속 얼음덩이를 원상태로 복귀시켰고 그렇게 녹은 물은 엘리자베스 공주의 얼굴에 한 줌의 물 덩이를 선물했다.

철썩!

무방비 상태로 잠을 자고 있던 공주는 깜짝 놀라 깨어났다.

다행히 그녀는 호들갑을 떨지 않고 조용히 상황을 판단했다.

별다른 이상이 없음을 확인한 공주는 안도의 한숨과 함께 그제야 얼굴의 물기를 닦았다.

'참으로 해괴한 일이구나!'

큰일을 겪고 있는 시점이기에 딕스가 이런 장난을 자신에게 할 리 없다.

그녀는 앞서 천막 안팎의 인기척을 살폈다.

자신의 귀가 고장 난 것이 아니라면 천막에 부딪치는 모래바람이 기척의 전부다.

천막 지붕에서 물이 떨어졌나 싶어 봤지만 거기엔 물기 한 점 없다.

알 수 없는 상황에 그녀는 망연자실했다.

그때 한줄기 물 덩이가 용기에서 나와 허공을 유영했다.

눈앞에 펼쳐진 괴사에 공주는 심장이 뚝 떨어질 만큼 깜짝 놀랐다.

하지만 경망스럽지는 않았다.

눈앞의 현상이 불가사의한 일이 아님을 알기 때문이다.

물을 움직이는 자!

'딕스가 나를 부르는 건가?'

그녀가 이런 생각을 할 때였다.

물 덩이가 허공에서 문자가 되었다.

내게로

어떤 일에도 놀라지 않던 공주는 그 순간 경악했다.

눈에 보이지 않는 물을 움직일 수 있는 견습 마법사는 없다.

만약 있더라도 교감할 수 있는 거리에서야 겨우 할 수 있다.

공주가 알기로 딕스는 지금 불침번 근무 중이고 그곳과 이곳의 거리는 족히 15미터쯤 된다. 한데 지금 그곳에 있는 소년이 물 덩이로 문자를 만들어 부르고 있다.

이 순간 그녀는 소년의 능력에 감탄을 넘어 경악하지 않을 수 없었다.

"대체… 넌!"

한눈에 딕스의 비범함을 알아본 공주였다.

하지만 이것은 비범함을 넘어선 가공할 능력이었다.

공주를 놀라게 한 소년은 그 시간, 우윳빛 팽팽한 이마에 주름을 깊이 새기고 있었다.

마나를 풀어 얼음을 물로 만들고, 그 물을 움직여 대상을 피해 없이 맞히고, 그 물로 문자를 만드는 섬세한 작업은 고도의 집중력이 요구된다.

마법사에게 집중력이란 체력과 같은 의미로 해석할 수 있다.

사람들이 몸을 사용하면 체력이 바닥나듯 마법사의 집중력도 마찬가지다.

공주와 함께하는 여행(?)을 통해 딕스의 집중력은 그의 부단한 숨은 노력으로 놀라울 만큼 성장해 있었다.

이제 그에게 부족한 것은 단 하나, 완전 마력 문장뿐이다.

'천막을 나왔구나!'

공주가 천막을 나왔다는 의미는 자신의 뜻이 그녀에게 정확하게 전달됐음을 의미한다.

반신반의했던 일이 성공하자 소년은 몹시 기뻤다.

하지만 들뜬 마음을 그는 곧 다스렸다.

야영지를 포위한 생명체의 숫자는 어느새 정확하게 팔십으로 늘어나 있었다.

어떤 종의 몬스터인지 모르지만 지금 여기엔 몬스터 피라미드의 최약체인 고블린 한 마리도 육탄전으로 상대할 자가 없다.

참고로 튼튼한 청년과 고블린이 만나서 싸우면 백이면 백, 그 청년은 다음 날 놈의 항문에서 나오는 구린 경험을 하게 된다고 보면 된다.

이것이 인간과 몬스터의 차이이며 어쩔 수 없는 현실이다.

뒤에서 인기척이 들리자 딕스는 상대를 확인하지도 않고 기다렸다는 듯이 옆으로 오라는 손짓을 했다.

소년이 손짓을 보낸 주인공은 엘리자베스 공주였다.

"네, 네가 날 부른 거니?"

"쉿! 일단 앉아."

긴장감이 느껴지는 소년의 태도에 공주는 재빨리 그 옆에 앉았다.

딕스의 신호로 심상치 않은 일이 벌어졌다는 느낌은 받았지만 짐작과 체감은 완전히 다르다.

자연히 공주의 어감에도 소년과 같은 긴장감이 달라붙는다.

"무슨 일이야?"

"맹수인지 몬스터인지 모르겠지만 야영지를 포위한 놈들이 있어. 숫자는 팔십."

물의 파장은 대상을 느끼게만 해주지 그 대상의 정체를 알려주지는 않는다.

이를 보완하고 발전시킬 수 있다면 일상생활에서도 큰 도움이 되는 기술이기에 소년은 이를 수없이 연습했었다.

결과는 처음이나 지금이나 별 다를 게 없다.

그래도 상대가 존재한다는 것 자체와 그 숫자를 알 수 있다니 그게 어딘가.

"언제 발견했어?"

"십오 분쯤 된 것 같아. 소수의 자리 변동 외에 포위 형태는 풀리지 않고 있어."

"신중한 놈들이군."

마차로 울타리를 만들었지만 남자들이 했을 때와 달리 구멍이 많다.

전투 발생 시, 이 구멍을 메워줄 전력이 있어야 하는데 믿음직한 전투원 역시 아쉽게도 없다.

놈들이 울타리 안으로 들어오는 순간 혼란의 극치가 펼쳐질 것이다.

소년의 본능은 놈들의 침입을 수단 방법 가리지 않고 막아야 한다고 말하고 있었다.

공주 역시 딕스의 보고를 듣고 같은 생각을 했다.

문제는 일행이 가진 단점이 지나치게 크고 들판의 잡초처럼 많다는 데 있다.

믿을 수 없는 동료에게 등을 맡기고 어찌 제대로 싸울 수 있겠는가.

"숫자가 너무 많아. 그에 비해 우리는……."

딕스는 일행의 전력을 생각하자 기운이 빠져 말끝을 맺지 못했다.

소년과 공주의 마음이 어찌 다르겠는가.

"무리 짓는 걸 봐선 대형 몬스터나 육식 동물은 아냐. 동물이라면 개나 늑대, 몬스터라면… 휴우, 답이 없군."

"나도 답이 안 나와."

변변한 무기도 없고 인력도 없다. 야영지에 있는 자들은 냉정하게 말하면 거치적거리는 혹이다.

이런 상황에 적이 갯과의 짐승이든 몬스터든 그건 중요하지 않다.

침중한 표정으로 공주가 딕스를 보며 묻는다.

"놈들의 움직임을 지금도 살피고 있어?"

"응, 당장 공격할 것 같지는 않아."

"지금 우리가 할 수 있는 일은 놈들이 우리를 만만하게 볼 수 없게 하는 거야. 그러자면 사람들의 도움이 필요해."

공주는 여기에 남아 싸울 결심을 했다.

딕스는 자신이 풀어놓은 정보와 일행의 전력을 비교 분석했을 공주가 이러한 선택을 하자 걱정을 드러냈다.

"단장은 누나 싫어하잖아. 누나 때문에 여기 와서 알거지 됐으니까. 흠, 그런 녀석이 누나 말에 협조할까? 내 생각에 그 단장은 뭔지 확인해 보겠다고 경박하게 굴 것 같은데."

내부에도 적은 있다. 소년은 공주가 이를 직시하기를 바랐다.

"일행을 위험에 빠뜨릴 행동을 하려 한다면⋯ 그전에 푹 재워야지."

명백하게 불리한 조건이다.

심사숙고한 끝에 공주는 이곳에 남기로 결정을 내렸다.

그러고는 필요한 조치를 머리에서 맹렬히 그리기 시작했다.

마침 사람들을 깨우러 간 로라가 일행을 데리고 돌아왔다.

그 무리에는 단장도 있었다.

딕스와 공주가 단장의 일거수일투족을 살핀다.

소년이 사태의 심각성을 이야기했다.

예상대로 단장은 대수롭지 않다는 듯 혀를 찬다.

"뭐야? 눈으로 본 것도 아니잖아. 어린것이 겁에 질려 헛것을 봤군. 에잇, 샘, 죠이."

단장이 난쟁이 광대 샘과 늙은 마술사 죠이를 짜증 내며 부른다.

단장은 이들에게 밖을 살펴보고 오라는 지시를 했지만 겁을 먹은 두 사람은 움직이지 않았다.

소년의 말이 사실이라면 밖은 위험하다.

이에 단장은 목에 핏대를 세우며 두 사람을 닦달했다.

공주는 조용히 단장의 뒤로 가 그를 재웠고, 단장은 곧 깊은 잠에 빠져들었다.

모두가 놀란 얼굴로 공주를 보았다.

"살고 싶으면 내 말 잘 들으세요. 지금 당장 모닥불을 최대한 많이 만드세요. 옷가지와 나무를 이용해 허수아비를 만들어 마차 틈새에 세우시고요."

야영지를 포위한 놈들은 소심하거나 신중하다. 이는 인간을 가볍게 보지 않는다는 의미다. 그렇다면 이를 이용해야 한다.

천적을 만난 동물들이 색깔과 몸집에 변화를 주어 자신을 지키듯 공주는 그와 같은 전략을 세웠다.

임시변통이었지만 당장은 어쩔 수 없는 선택이다.

단 한 놈이라도 야영지 안에 들였다가는 모두 몬스터 똥이 되는 진귀한 경험을 할 것이니 말이다.

공주는 막힘없이 사람들을 나누어 일을 맡겼다.

무리는 셋으로 나뉘었다.

모닥불을 피우는 팀.

허수아비를 만드는 팀.

요란한 소리가 나는 물건과 무기가 될 만한 것을 모으는 팀.

단장을 단숨에 재워 버린 공주의 실력이 그녀를 선봉장에 서게 했다.

딕스는 그녀의 하는 모양새를 지켜보며 불안한 표정으로 내심 혀를 찼다.

'튀는 게 상수인데.'

적극 건의하고 싶었지만 그러질 못했다.

이유는 두 가지다.

자신의 마법을 시험하고 싶다는 욕망과 비겁자로 찍히기 싫다는 마음이다.

날이 밝았다.

주변이 훤히 보인다.

어둠에 숨어 있던 놈들을 그제야 두 눈으로 똑똑히 볼 수 있었다.

서너 시간 전 놈들의 숫자는 팔십이었다.

하지만 지금은 무려 삼백이다.

한 무리의 몬스터가 몰려와 놈들과 합세한 결과였다.

적의를 가진 삼백이란 숫자를 눈앞에서 대하니 대군의 기세에 버금간다.

눈으로 직접 몬스터를 확인한 딕스는 정신이 아득해지고 몸이 절로 떨려온다.

싸울 마음은 가라앉고 걱정과 불안만 가득 차오른다.

공주의 안색도 어둡긴 마찬가지다.

다른 사람들이야 두말할 것도 없다.

그저 숨만 쉬는 하얀 석고상이라 보면 될 것이다.

공주는 가라앉은 어조로 옆에 선 딕스에게 말했다.

"놈들의 목적은 우리를 가둬두려는 것이었어."

"고블린이 영악하다는 말은 들었지만… 놀랍군요."

"미안해, 도망갔어야 했는데. 내 안일한 결정이 너까지 위험에 빠뜨렸구나."

"설마요."

딕스가 빙그레 웃는다.

그 웃음에 공주는 저도 모르게 따라 웃었다.

소년의 웃음은 사람을 즐겁게, 그리고 편안하게 해주는 묘한 마력이 있었다.

"내가 위로를 해줘야 하는데 오히려 위로를 받고 말았네,

고마워."

드디어 고블린 떼가 움직이기 시작한다.

놈들의 몸에서 나는 악취가 아릿하게 후각을 자극한다.

저들에게 이곳은 푸짐한 만찬장일 것이다.

딕스는 옆의 공주를 보았고, 뒤에 있는 사람들을 보았다.

혼란과 두려움이 그들의 몸에서 빠져나와 주변을 가득 채웠다.

그 감정들이 마치 눈에 보이는 것 같다.

"모두 준비하세요!"

공주가 비장한 어조로 사람들에게 소리쳤다.

사람들은 손에 쥔 조악한 무기를 흔드는 것으로 대답을 대신했다.

용기백배해 흔드는 것이 아니다.

몸을 덜덜 떠니 무기가 절로 흔들리는 것이다.

"공주님."

딕스는 엘리자베스의 공식 직함을 나직하게 불렀다.

"……?"

"공주님은 행운아예요."

얘가 무서워서 미쳤나? 갑자기 이 무슨 뚱딴지같은 말인가라는 표정이 공주의 얼굴에 노골적으로 드러난다. 이는 곧바로 소년에 대한 걱정으로 이어진다.

"무, 무슨 말이니?"

딕스의 표정과 목소리가 회상에 잠긴다.

"온천 마을에서 첫날, 제가 가족탕에서 목욕을 했다면 아마 공주님과 저, 그리고 저 사람들 모두 내일 아침 고블린 똥이 되었을 거예요. 하지만 공주님의 행운이 모두를 살리게 되었네요. 전 그때 제 자신을 몹시 불행하다고 생각했는데 지나고 보니 그건 제게도 행운이었다는 생각이 들어요. 이래서 사람은 오래 살고 봐야 하나 봐요."

소년을 바라보는 공주의 눈에 측은함이 가득하다.

그녀의 시선에는 걱정과 함께 황망함이 엿보인다.

'얘가 돌았구나!'

과격하지만 그녀 입장에서는 지극히 당연한 평가다.

"저기 왼쪽을 보세요."

소년이 가리킨 방향에는 안개가 있었다.

그리고 그 안개는 빠른 속도로 몰려와 고블린의 배후를 기습했다.

고블린을 뒤덮은 안개는 마치 우연이었던 것처럼 그 뒤 움직이지 않았다.

이러한 괴현상에 공주는 깜짝 놀랐다.

"디, 딕스… 이건?"

"제 작품이에요. 그리고 저길 보세요."

야영지 중간에서 연기처럼 안개가 발생했다.

그 안개는 곧 야영지를 뒤덮었다.

안개와 안개 사이 맑은 곳에는 소년과 공주만이 서 있었다.

안개 속에서 사람들의 놀란 음성이 들린다.

전방에선 고블린의 당혹한 괴성이 시끄럽다.

"아, 안개를 부릴 줄 아니?"

마법사도 아닌 일개 견습 마법사가 안개를 부릴 수는 없다.

오랫동안 구축된 상식이 이 자리에서 파괴되고 있다.

공주의 놀람은 이만저만이 아니다.

"예, 그보다 우린 여기서 퇴장해야 하지 않을까요?"

안개로 적의 눈을 가려 혼란을 주고, 그 틈에 사람들을 피신시키려는 계획이 아니다.

그와 같은 계획을 세웠다면 안개로 사람들까지 덮을 필요는 없다.

그럼, 소년의 저 말은 단둘이 살자는 것이 아닌가!

"너… 설마 사람들을 미끼로 던져 주고 우리만 살자는 거니?"

공주의 얼굴엔 분노와 실망감이 가득하다.

소년은 공주가 자신을 야멸찬 비겁자로 몰아붙이는 것 같아 기분이 좋지 않았다.

"공주님은 절 그런 인간으로 보셨나요?"

"아, 아니, 난… 미안해. 그런데 그 말은 무슨 뜻이니? 퇴장이라니."

"여기 있어 봐야 무슨 득이 되겠어요. 우리의 목적지는 시바온이잖아요. 일단은 저 사람들을 구해준 뒤 우리 갈 길을 가야죠."

딕스가 두 개의 안개를 생성해 사람과 몬스터를 덮은 데엔 두 가지 이유가 있다.

첫째, 적과 아군을 구분하기 위함이다.

기사와 검사들이 입에 달고 다니는 '검엔 눈이 없다!' 라는 말이 있다.

이 말처럼 딕스의 물의 힘에도 아직 눈이 없다.

그러니 처음부터 적과 아군을 명확하게 구분한 뒤 적을 공격해야 한다.

둘째는 조용한 퇴장을 위함이다.

"어떻게 하려고?"

"물을 팔팔 끓이면 뜨거운 김이 나오죠. 그 원리를 안개에 응용했어요. 지금은 평범한 안개지만 곧 펄펄 끓는 물이 될 거예요."

소년의 목소리는 격정에 흔들리고 있었다.

어찌 아니겠는가.

혼자서 300마리의 몬스터를 잡는 대업적을 이룩하는 순간이다.

그리고 이 역사의 산증인으로 공주를 세웠다.

말뿐인 공주의 수호 마법사가 아닌 진정한 수호 마법사임을 이 자리에서, 이 기회를 빌려 그는 증명하고 있었다.

딕스는 얼이 빠진 공주의 손목을 낚아챈 뒤 미리 대기시킨 말이 있는 장소로 뛰었다.

이들이 자리를 뜬 순간 고블린을 삼킨 안개 속에서 모골이 송연할 정도의 끔찍한 비명이 일제히 터져 나왔다.

그 소리에 공주는 크게 놀랐다.

급히 공주를 조용히 시킨 딕스는 그녀에게 빨리 말에 오르기를 종용했다.

돌아본 그의 얼굴이 백지장처럼 하얗다.

그제야 그녀가 말에 오르고 그 뒤에 소년이 올라탄다.

"저 곧 기절할 거예요. 그러니 안 떨어지게 절 꼭 잡아주세요."

말 한 필을 준비한 이유가 바로 여기에 있었다.

물론 딕스가 승마를 못 한다는 이유도 포함되어 있지만, 아무튼 이 말을 끝으로 딕스는 곧 의식을 잃었다.

'…이럼 약골로 보일 텐데……. 난 언제쯤 완벽해질 수 있으려나.'

툭.

저문 의식의 언저리에 소년의 아쉬움만 공허하게 맴돈다.

소년은 나흘을 내리 죽은 듯 잠만 잤다.

그렇게 자고 일어난 소년은 물을 마시듯이 음식을 무서운 속도로 입으로 들이부었다.

혼자서 10인 분을 순식간에 먹어치운 소년은 그제야 올챙이처럼 툭 튀어나온 제 배를 만족한 손길로 쓰다듬으며 살 만하다는 표정을 지었다.

탁!

물에 빠진 자가 지푸라기 잡듯 쥐고 있던 포크와 나이프가 드디어 시원한 소리를 내며 탁자 위에 놓인다.

"꺼억~!"

시원하게 트림 한 방을 쏴주는 소년.

그 맞은편에 앉은 여인은 황당한 표정으로 내내 소년의 식사 장면을 지켜보다 정면에서 소년의 트림을 받는 봉변을 당했다.

매너를 물 말아 드신 소년은 딕스였다.

고블린 삼백 마리를 찜 쪄 먹은 위대한 견습 마법사!

그 놀라운 위명에 여인, 엘리자베스 공주는 자신의 불쾌감조차 드러내지 않는다. 아니, 솔직히 소년의 트림하는 모습에 맘속으로 '귀여워!' 라고 외치고 말았다.

그녀는 단단히 미쳤다.

그러나 독특한 취향의 이 공주는 자신의 이러한 속내를 티끌만큼도 드러내지 않는다.

여전히 고상하고 도도하고 차분한 신색으로 그녀는 담담하게 말한다.

"이제 괜찮니?"

정말 살 것 같은 표정으로 딕스는 대답했다.

"괜찮아, 그런데 여긴 어디야?"

"베르노아 부족 영역의 카쟌 마을이야."

잠에서 깨자마자 음식부터 찾고 그 음식을 모조리 흡입한 뒤 그제야 안전 문제를 떠올린 소년이다. 그리고 이 소년의 몸속엔 자신조차 모르는 신비한 변화가 발생했다.

물의 오메가 핵이 소년의 마나 저수지를 또다시 무서운 기세로 확장한 것이다.

주인의 빈곤(?)을 절대 묵과하지 않는 오메가다.

"그렇구나! 그런데 여긴 안전해?"

두 눈을 동그랗게 뜨고 연방 눈동자를 사방으로 굴리기 시작하는 그의 모습에 공주는 터져 나오려는 웃음을 간신히 눌러 삼켰다.

"안전하니까 걱정하지 마."

어정쩡한 자세로 의자에서 엉덩이를 떼던 소년은 그제야 마음 놓고 앉는다.

"여긴 어떻게 왔어?"

딕스에게는 기억이 전혀 없다.

벨쟈키를 침공한 몬스터를 피해 움직이던 여러 상단이 있었고, 우연히 그들을 만나 함께 이곳으로 왔다고 그녀는 말했다.

공주의 설명에 딕스는 참으로 운이 좋았다고 여겼다.

"…그렇게 된 거야."

"그렇구나. 참, 단원들 소식은 들었어?"

단원들의 생사보단 생애 처음으로 구사한 광역 마법! 그 결과가 몹시 궁금한 딕스였다.

"알 수가 없어. 지금 벨쟈키 전역이 다 난리야. 생각보다 사태가 심각한 것 같아."

고블린 떼를 만난 벌판은 국가에서 관리하는 관도 같은 곳이다.

그런 곳에 몬스터들이 그처럼 많이 나타났으니 벨쟈키 사태는 국지전이 아닌 전면전으로 규정해야 할 것이다.

우연히 창밖으로 고개를 돌렸던 소년은 빠르게 달려가는 한 무리의 기마 병사들을 볼 수 있었다.

이 병사들의 꼬리까지 보는 데 무려 15분이나 걸렸다.

그리고 잠깐 눈을 돌렸다가 다시 창밖을 봤을 때 이번엔 보병이 속보로 이동하는 것이 보였다.

앞서 본 기병과 한 부대인 것 같은데 깃발과 복장 등에서 큰 차이가 보인다.

이에 의문을 품고 고개를 갸웃하니 공주가 그의 궁금증을 알아채곤 설명해 주었다.

"벨쟈키 인근 부족들이 급히 군대를 모았어. 저들이 바로 그 군대야."

"대응이 굉장히 빠르네."

"이런 결속력이야말로 리안 연합의 힘이지."

"그렇구나, 그런데 앞으로 어째? 벨쟈키에 그리 큰 난리가 나고 인근 부족들까지 이처럼 바짝 긴장했으니 당장 시바온 부족으로 가기는 힘들지 않아?"

소년의 속내는 이 기회에 좀 쉬었으면 좋겠다는 바람이 가득했다.

인류 역사에 등장한 마법사의 최고 경지는 6서클이다.

대중에 널리 알려진 기록에 의하면 이 마법사는 32미터의 거대 골렘을 전장에 세웠고 부대는 그 전투에서 피 한 방울 흘리지 않고 승리했다.

이는 온전히 그 마법사의 공이다.

고향 영주관의 도서관에서 이 내용을 읽었던 딕스는 크게 감동하고 부러워했었다.

하지만 마법부에 입부한 뒤 마법의 진실에 접근하자 32미터 골렘을 만든 그 마법사가 실은 적을 물러서게 하려는 계략으로 무리했음을 알게 되었다.

6서클 마법사의 효율을 가장 잘 살릴 수 있는 크기의 전투 골렘은 5미터다.

임의로 골렘의 크기를 늘리는 행위는 마법사 스스로 제 몸에 족쇄를 채우는 어리석고 위험한 짓으로 지양해야 할 일이다.

골렘은 마법사의 서클—완전 마력 문장을 감싼 띠, 한 개의 띠는 1서클을 의미한다—에 입각, 최적의 효율을 자랑하는 크기가 정해져 있다.

그런데 32미터의 골렘을 만들었으니 결과가 어땠을지는 보지 않아도 뻔했다.

'나야 나흘이었지만 그 마법사는 못해도 이삼 년은 고생했을 거야, 쯧쯧.'

소년은 이번 일을 통해 효율의 중요함을 몸소 겪었다.

그러니 자신에게 맞는 최적의 효율을 알기 위해서는 시간이 필요했다.

소년이 겪은 일이나 그의 능력은 그 어떤 기록에도 나와 있지 않으니 스스로 하나하나 연습해 알아가야 한다.

개척자의 정신으로!

'자폭할 생각이 아닌 이상 최소 하나는 남겨둬야 해. 이번처럼 내가 가진 십 전부를 써버리면… 에고, 그나마 십을 초과하지 않아서 다행이었다. 어쨌든 내 최적 효율성을 찾아야 하는데, 젠장! 갑자기 할 일이 왜 이렇게 많아진 거야!'

머릿속이 뒤엉킨 실타래처럼 복잡해진다.

하지만 자신의 수련만큼 공주의 일도 중요한 문제였다.

공주의 계획은 공국의 자주 독립과 왕국 선포를 위한 초석이 된다.

일개 아녀자로 보기에 그녀의 배포와 용기가 참으로 대단

하다.

하지만 만약 이 일에 실패한다면 공국은 이 땅에서 사라질 것이다.

그리되면 이 땅의 백성들은 어찌 되는 것일까.

'그놈들과 우리가 다를 바 없는데 제국 놈들은 왜 우릴 하등한 인간으로 볼까? 따져 보면 한 뿌린데.'

소년의 질문에 공주는 생각을 정리한 뒤 대답한다.

"지금부터 방법을 모색해야지. 일단 오늘 하루는 우리 둘 다 푹 쉬자."

소년을 돌보느라 공주는 지난 나흘 내내 긴장감을 놓지 않고 거의 뜬눈으로 밤을 지새웠다.

소년이 온 힘을 다해 자신을 구해주었으니 어찌 그 은혜를 잊겠는가.

그렇다 보니 그 긴장감이 누적된 피로가 되어 파도처럼 한꺼번에 몰려왔다.

하지만 소년은 팔팔했다. 지나치게.

"나 마을 좀 구경하고 올게."

마을 구경은 핑계다. 어디 조용한 곳으로 가서 자신의 상태를 꼼꼼히 점검하려는 게 목적이다.

옆에 누군가 있으면 아무래도 제대로 할 수 없으니.

"나도 갈까?"

"아니, 누나는 이곳에서 쉬어."

소년의 성격과 실력이라면 문제를 일으키지도 않을 거고 안전에도 문제가 없을 터였다.

그랬기에 공주는 순순히 허락했다.

아니, 할 수밖에 없었다.

눈꺼풀이 제 의지와 상관없이 자꾸만 가라앉았기 때문이다.

"해 떨어지기 전에 돌아와."

"응, 걱정 마."

공주는 해맑게 웃으며 제 가슴을 탕탕 쳐 보이는 소년의 모습에 살짝 웃어준 뒤 무거운 몸을 이끌고 객실로 올라갔다.

딕스는 마을 외곽으로 길을 정하고 움직였다.

'저쪽에 물의 기운이 왕성하군.'

이 정도 기운이라면 세법 큰 강이나 호수가 있음이다.

딕스는 반가운 마음에 걸음을 급히 재촉했다.

제6장

왜 무섭게 해!

꽁꽁 언 호수에서 사람들이 얼음낚시를 즐긴다.

사실 취미가 아니라 그들의 고단한 생업이다.

호숫가에서 가장 응달진 곳을 찾아낸 딕스는 그곳에 자리했다.

사람들의 이목이 전혀 닿지 않는 외진 곳이어서 수련하기 딱 좋아 보였다.

아무리 두꺼운 옷을 입고 있어도 움직이지 않으면 추위에 제압당한다.

하지만 소년은 응달진 이곳에 앉아 있음에도 불구하고 추위를 전혀 느끼지 않았다.

이는 소년의 몸 주위를 보이지 않는 이중의 물의 막이 둘러싸고 있었기 때문이다.

가장 바깥쪽 막은 얼음장처럼 차갑지만, 그 안쪽의 막은 온천수처럼 뜨겁다.

환상적인 이 기술은 추위를 견디기 위해 소년이 개발한 것이다.

자세히 보지 않으면 이 특별한 물의 막은 알아보기 힘들다.

소년은 지금 깊은 명상에 빠져 있었다.

'흠, 이 느낌이 내 힘을 십으로 봤을 때 칠이고… 음, 이게 구로구나! 마나도 꽤 증가한 것 같네? 왜 이렇지?

소년은 의문과 만족이 엇갈리는 표정으로 명상에서 깨어났다.

주위를 보니 어느새 짙은 어둠이 깔려 있었다.

화들짝 놀란 소년이 벌떡 일어난다.

얼음낚시를 하던 자들도 안 보이고 얼음 썰매를 타던 아이들도 보이지 않는다.

'내 집중력이 이렇게까지 좋았었나? 에구구, 그보다 공주님이 걱정하시겠구나!'

자신의 상태를 정리한 결과는 소년에게 큰 만족감을 주었다.

그러나 돌아가면 공주에게 엄청난 꾸지람을 들을 것 같아 웃고 있을 수만은 없었다.

맘이 급해진 소년은 걸음을 재촉했으나 그 걸음을 얼마 가지 않아 멈추고 나무 뒤로 숨어들었다.

흉험한 일 대 다수의 싸움이 전방에서 펼쳐지고 있었다.

사람의 몸뚱이가 날붙이에 베였다.

검에 베인 자는 비명조차 지르지 않았다.

터져 나오는 핏물이 상당했음에도, 고통이 대단했을 터인데도 말이다.

이것이 소년을 더욱 오싹하게 했다.

사람을 벤 자는 다음 상대를 찾아 침착하게 공격했다.

앞서 당한 자의 동료였다.

캉캉!

쉭쉭.

다수의 적을 상대하던 자의 검이 막혔다.

그 순간을 놓치지 않고 남자의 좌우와 후방에 있던 자들이 곧장 공격해 들었다.

위험한 순간이었다.

숨어서 이 상황을 지켜보던 딕스는 남자가 죽을 것이라 생각했다.

하지만 남자는 자신의 검을 막은 자의 검을 제 검으로 휘감은 뒤, 자리를 바꾸는 놀라운 기술을 선보였다. 덕분에 이 남자를 노리고 달려든 세 개의 검은 제 동료의 몸을 베고 찔렀다.

서걱, 서걱, 푹!

예리하고 뾰족한 날붙이에 베이고 찔린 자는 그 자리에서 즉사했다.

동료를 제 손으로 죽였지만 그들은 전혀 동요하지 않았다. 다른 이들도 마찬가지였다.

일 대 다의 싸움은 더욱더 치열해졌다.

딕스는 이 모든 걸 숨어서 지켜보았다. 소년에겐 싸움을 막아낼 힘이 있었지만 간섭할 생각이 전혀 없었다.

보통 이런 경우에는 다수의 핍박을 받는 자를 도와주게 마련인데.

'되게 잘 싸우네.'

사람의 몸이 베이고, 찔리고, 피를 분출하고, 시체가 된다.

그럼에도 소년은 안색 하나 바꾸지 않고서 처음부터 끝까지 전투를 지켜보았다.

얼마 후 일 대 다의 싸움은 일의 승리로 끝이 났다.

다수의 적을 모조리 죽인 남자 역시 적잖은 부상을 입고 있었다.

주변을 둘러본 남자는 곧 어둠 속으로 사라졌다.

한참 후 담대한 이 소년은 현장에 발을 디뎠다.

"벙어리들인가?"

칼을 맞았으면 무척이나 아플 텐데 비명도 없이 픽픽 쓰러졌다.

아무리 과묵한 자라도 죽어가면서까지 그 성격을 유지하지는 않을 것이다.

그러니 이들은 모두 칼 쓰는 벙어리로 봐야 한다.

딕스는 쓸데없는 일에 연루되기 싫었다.

그래서 그는 한밤의 결투를 기억에서 지워 버렸다.

'이런 일은 모른 척하는 게 상수지.'

그는 돌아가는 길을 택했다.

밤길을 30분은 더 걸어야 하겠지만 괜한 일에 휘말리는 것보단 이편이 낫다고 여겼다.

'이게 바로 효율이지.'

현장에서 멀어지는 소년을 누군가 지켜보고 있었다.

소년은 이를 전혀 눈치채지 못한 채 공주에게 혼나지 않을 변명거리 찾기에만 골몰했다.

딕스와 공주는 카쟌 마을에서 5일을 더 머문 뒤 연합의 수도 반시 헬을 향해 바삐 움직였다.

한데 방향은 시바온 부족이 있는 북쪽이 아니라 의외로 서쪽이었는데, 그 길은 연합의 수도로 가는 길이었다.

공주의 결정이 의아했지만 소년은 이를 묻지 않았다.

그간 지켜본 공주는 결코 헛된 일에 체력과 심력을 낭비하지 않는 알뜰한 사람이었기 때문이다.

'알아서 잘하시겠지.'

엘리자베스 공주는 비밀 정보 조직을 통해서 필요한 정보를 제공받았다.

그들과의 연락은 암호문으로 한다.

전에 딕스는 그걸 한 번 봤는데 대단히, 엄청 복잡해서 보면서도 그게 무슨 뜻인지 이해하지 못했다.

그 엄청난 걸 공주는 마치 동화책을 읽듯이 쉽게 읽었다.

그 모습을 본 뒤 딕스는 공주와 자신이 전혀 다른 세상을 바라보며 살아가는 존재임을 깨달았다.

그때부터일 게다.

'나보다 똑똑하고 잘난 여자는… 아무리 예뻐도……'

드디어 소년은 자신의 여성관을 하나씩 구체화시키기 시작했다.

대륙력 4245년 1월 25일, 딕스의 나이 14세.

소년은 남자가 되어가는 중이다.

"딕스, 양팔은 왜 가슴 앞에 교차하니?"

수도로 가는 여행은 공주가 돈을 좀 들였다. 그래서 그들은 안락하고 냉난방까지 완비되어 있는 중형 고급 마차를 이용하고 있다.

승차감은 두말하면 입 아프다.

비싼 건 다 이유가 있는 법이다.

이처럼 럭셔리한 여행이라면 언제든 환영인 소년이다.

교차한 팔을 슬그머니 내린 딕스는 공주에게 맑고 깨끗하게 웃어주었다.

"팔에 쥐가 나서, 헤헤."

"훗날 내 너의 고생을 절대 잊지 않을게."

공주의 말에 소년은 펜과 종이를 떠올렸다.

이런 건 기록으로 남겨야 한다.

계약서 쓰고 서로 지장 딱 찍고 한 부씩 나눠 가져야 하는
데, 그래야 훗날 혹시라도 그녀가 자신을 섭섭하게 대하면 항
의할 수 있지 않은가.

뭐, 그런 생각을 입 밖으로 꺼내지는 않았다.

'난 너무 정이 많아서 탈이야. 일 처리는 냉정해야 하는
데.'

자신은 착하고 순수한 시골 아이니까.

"그 말 꼭, 꼭 기억할게."

고생 끝에 낙(?)을 준다는 그녀의 말에 딕스는 장차 왕궁으
로 돌아간 뒤에 바뀔 자신의 라이프 스타일을 상상해 본다.

관직을 높여주는 건 관심 없다.

높이 올라갈수록 바람도 더 맞고, 추락하면 더 뼈아픈 법이
다.

그러니 소년이 바라는 건 오직 현물이다.

집과 고급 마차와 월급 인상, 뒤로 포상금까지 크게 한 방
푸욱 찔러주기를 바란다.

자신보다 높은 자가 뒷돈 챙겨주는 걸 뇌물로 볼 수는 없을

테니 받아도 뒤탈이 없을 게 아닌가.

'흠, 공주님 손은 작은데… 그래도 통은 크시겠지. 명색이 공준데. 큭큭큭.'

상상만으로도 이리 기분이 좋아지다니, 이것이 실제가 된다면 하늘을 나는 기분을 만끽하지 않을까 싶다.

그날이 어서 빨리 오기를 소년은 손꼽아 기다려 본다.

"어디 아프니? 표정이… 음, 이상해 보여."

"아, 아니. 어제 잠을 설쳤더니."

요즘 소년은 자신의 육체적 성장—잘 먹고 일찍 자고 등등—을 뒤로 밀어젖혀 둔 채 수련에 전념하고 있었다.

세상에 나와 보니 믿을 건 제 실력밖에 없음을 뼈저리게 느꼈기 때문이다.

소년이 이번 여행에서 얻은 여러 가지 경험의 보화 중 하나가 바로 이것, 힘이 있어야 한다는 것이다.

이 깨우침은 아무리 힘들고 불편한 상황 속에서도 수련을 하게 하는 동력으로 작용했다.

그 덕분에 소년은 공주에게 과묵한 남자로 커가고 있다는 인상을 주고 있었다.

공주는 이 점이 안타까웠다.

잘 웃고, 잘 떠들던 순수한 소년이 점점 사라지는 것 같아서였다.

'지금처럼만 잘 자라준다면 딕스는 멋진 남자가 될 거야.'

그래도 나쁘지 않은 성장 방향이라고 생각하는 공주였다.

"무리하지 마, 아직 너에겐 많은 시간이 남아 있잖니. 그리고 지금의 너도 충분히… 아니, 넘칠 만큼 강하잖아."

딕스는 공주의 칭찬에 기고만장하지 않는다.

그녀는 늘 칭찬을 해준다.

그래서 익숙하다.

익숙하다는 것은 감흥이 없다는 말과 일맥상통한다.

어쩔 땐 공주를 보노라면 진짜 친누나를 보는 것 같았다.

그녀와 한방을 쓰고 같은 화장실을 쓴다.

그녀가 큰일을 보고 나왔을 때 별생각 없이 들어갔다가, 우욱!

'…공주도 사람이었지.'

이 여행을 통해 소년은 참 많은 것을 깨달아가고 있었다.

"옙! 열심히 살겠습니다, 헤헤."

여자들은 착하고 고분고분한 작은 아이를 사랑한다.

자신에게 위협이 되지 않고 귀여운 애교도 부리니 어찌 싫어할 수 있겠는가.

그 비위를 맞추는 게 남자로서는 약간 체면이 안 서지만 자신의 기분을 잠시 모른 척하면 일생이 편안해지는데 굳이 하지 않을 이유도 없다.

이것이 바로 소년이 터득한 인생의 효율성이다.

남녀 사이에 서로의 큰일 냄새를 맡으면 그때부터 둘은 가족으로 봐야 한다.

소년은 이제 공주를 신분 높은 친누나쯤으로 생각하고 있었다.

"우리 딕스는 말을 참 곱게 해서 좋아."

"고마워, 헤헷. 참, 누나도 수련 꾸준히 해. 어떻게 십 년이나 그 상태야?"

딕스의 지적대로 재능자로서의 공주는 답보 상태였다.

주변의 시선 때문에 수련을 못 한 것도 있겠지만 아무리 그래도 그렇지, 자신의 궁을 연못과 분수로 도배를 했으면 투자한 돈이 아까워서라도 최소 견습 마법사는 돼야 하지 않겠는가.

그런 점에서 봤을 때, 재능자로서의 공주는 엄청난 둔재라고 봐야 한다.

물론 이는 어디까지나 딕스의 시각에서다.

"지, 지금… 날 바보라고 욕하는… 건가요?"

내내 엄마 미소를 짓고 있던 공주의 얼굴 위로 시베리아허스키가 떼로 뛰어다니며 말투가 급속도로 냉각된다.

말의 효율성!

그 중요한 것을 잠깐의 방심으로 까먹었다.

그녀가 아무리 친누나같이 보여도 실제론 남남이다. 남남도 어디 보통 남남인가.

이때는 손이 발이 되게 비는 게 상책이다.

여자의 자존심을 건드린 벌이라 생각하자.

"죄, 죄송합니다. 제가 어려서 철딱서니가 없어 공주님의 심기를 크게 상하게 했습니다. 용서하세요."

철썩철썩!

사과와 자학이라는 방법을 쓰며 소년은 공주에게 용서를 빌었다.

싸구려 방법이지만 전에는 먹혔다.

그러니 이번에도 먹히길!

공주가 이 일로 자신을 해코지하지는 않겠지만 사회적으로 불이익은 줄 수 있다.

그녀는 사소하게 처리한다고 하는 것이 받는 입장에선 뼈가 시릴 수 있음이다.

그러니 과장을 해서라도 그녀의 화를 당장 풀어주는 게 현명한 사회인(?)인 것이다.

소년의 바람은 그냥 바람에서 멈춘다.

이미 한 번 써먹은 방법이라 그런지 공주는 고분고분 넘어가 주지 않는다.

장난인지 진담인지 모를 태도로 공주가 말한다.

"아닙니다, 경의 말에 틀린 구석이 하나도 없습니다. 내 형편이 그러해 하늘이 내게 주신 재능을 사장했음이니, 어찌 내가 경의 날카롭고 묵직한 직언에 화낼 자격이 있겠습니까! 다 본 공주가 아둔하고 게을러서 비롯된 일입니다."

엘리자베스 특유의 고전적인 고딕 어조!

저 말투를 사용할 때의 공주는 속으로 단단히 삐쳐 있음을 의미한다.

소년이 조심, 또 조심해야 할 상황이 발생했다.

온몸에 소름이 돋은 딕스는 더욱더 납작 엎드렸다.

사람에겐 누구나 성깔이란 게 있다.

어찌 공주라고 이게 없으랴.

다른 사람보다 더하면 더했지, 적지는 않을 것이다.

"주, 죽을죄를 지었습니다, 공주 마마!"

"아니에요, 아니에요. 내 무슨 영화를 보겠다고 어린 경을 사회적으로 매장하겠습니까? 더욱이 경은 장차 공국의 기둥이 될 '천재' 마법사가 아닙니까. 내 경을 용서할 터이니 그만 일어나세요. 전 오늘 일을 없던 것으로 하겠습니다. 한 번도 아닌 두 번째라… 잘될지는 모르겠지만."

공주는 그에게서 시선을 돌려 버렸다.

딕스는 오늘 한 가지 사실을 또 깨달았다.

마음이 불편하면 몸도 따라 불편해진다는 것을.

아! 하나 더 있다.

'상전은 절대 사귀지 않으리라!'

자신의 여성관에 새로운 항목을 추가하는 소년이다.

그나저나 공주의 화를 어찌 풀어준다? 딕스는 말실수한 죄로 하지 않아도 될 고민을 사서 하게 되었다.

심란한 마음을 달래려 그는 그녀와 반대편 창문으로 고개를 돌렸다.

그리고 목도리를 복면처럼 사용하고 있는 자를 우연히 보게 되었다.

찬바람을 맞는 대부분의 여행객들이 저자와 같으니 특별한 일은 아니다.

두 사람의 눈길이 짧은 순간 허공에서 마주쳤다.

이 역시 충분히 있을 수 있는 일이지만 무언가 찜찜한 기분이 들었다.

'되게… 살벌한 눈빛이네.'

바로 이 때문이었다.

꿈에 볼까 무서운 눈빛이다.

저런 눈빛은 최대한 빨리 잊어버리는 게 정신 건강을 위해 좋을 것이다.

소년은 기억에서 살벌한 눈빛을 지워 버렸다.

지금 당장 급한 일은 삐쳐 있는 공주의 마음을 풀어주는 일이다.

그래야 여행 내내 편할 테니까.

'…사회생활 더럽게 힘드네. 쳇!'

*   *   *

베르노아 부족 영역 카쟌 마을 외곽 호숫가.

얼마 전 십여 명의 시체가 이곳에서 발견됐고, 카쟌 치안대가 조사에 나섰다.

하지만 이들은 외부 압력에 의해서 반나절 만에 이 사건에서 손을 털었다.

"이곳에서 놈이 연락책을 만났을 공산이 큽니다. 놈의 이동 경로를 보면 카쟌은 놈에게 돌아가는 길이니 일부러 들른 이유가 있을 것입니다."

독이 바짝 오른 가을 살모사처럼 생긴 장년의 사내가 단단한 바위 같은 인상의 중년에게 자신의 추측을 힘주어 말한다.

이들의 주위엔 십여 명의 남자들이 주변을 경계하고 있었다.

중년 남자가 입을 연다.

"물건이 다른 자의 손에 넘어갔을 수도 있겠군."

"놈은 저희의 추적 향에 노출되었습니다. 놈의 처지를 생각하면 제삼자에 의한 운송을 택할 수밖에 없을 겁니다."

"으음… 현재 놈의 위치는?"

"수도 방향으로 움직이고 있습니다. 이삼 일이면 삼 조와 사 조가 놈과 조우할 것입니다. 이번엔 놈을 필시 잡을 수 있을 겁니다. 그러나 문제는 놈이 빈손일 경우입니다."

중년인의 미간에 주름이 잡힌다.

이는 중년인이 깊은 생각을 할 때 보이는 징조다.

그리고 이 생각의 결과는 늘 피를 동반한다.

장년인은 잔뜩 긴장한 표정으로 중년인의 입을 주시했다.

"사내아이라고 했나?"

"예, 외국인 아이입니다."

"외국인에다 아이라… 의심하기 힘든 대상이군. 흠, 그 아이의 정보는?"

중년인의 물음에 장년 사내는 막힘없이 술술 이야기한다.

"이름 딕스, 나이 열한두 살로 추정. 누나로 보이는 십 대 중후반의 여자와 함께 마차를 대여해 수도로 이동 중. 이상입니다."

"놈이 미끼고 진짜는 그 아이일 수도 있겠군."

"배제할 수 없습니다."

"그 아이는 누가 감시하고 있나?"

"백팔 호입니다."

"작은 것도 소홀히 할 수 없지. 그쪽으로 파견할 수 있는 인력은?"

"십 조와 십삼 조가 그 방면 길목에 대기 중에 있습니다."

"명하겠다, 아이와 여자를 죽이고 물건의 여부를 확인하라."

"명 받듭니다!"

중년인의 명령이 떨어지자 장년인이 예를 취한 뒤 급히 자리를 떠난다.

중년인이 중얼거린다.

'아직은 내게 기회가 있다, 내게!'

떠난 장년인의 자리를 다른 자가 차지한다.

"주군, 베르노아 족의 족장이 카쟌에 도착했다 합니다."

"알았다, 내 말을 준비하라."

중년인의 정체가 어찌 되기에 부족의 족장이 직접 찾아온단 말인가? 아무튼 예사롭지 않은 신분의 중년인으로부터 척살 명령이 떨어졌다.

딕스의 앞날에 또다시 먹구름이 몰려들고 있었다.

딕스와 공주가 타고 가던 마차가 도랑에 빠져 바퀴가 망가졌다.

바퀴를 수리하려면 사고 현장에서 3일은 더 가야 나오는 마을에서나 가능하다고 했다.

날씨도 춥고, 마땅한 차편도 없는 처지에 무작정 길을 재촉할 수는 없다.

공주와 딕스는 사고 현장에서 가까운 작은 마을에 머물러 있기로 했다.

마을엔 여관도 없었기에 두 사람은 가정집의 빈방 하나를 겨우 빌렸다.

"방이… 참 좁네."

소년은 공주의 눈치를 살피며 어색한 반말 조로 말을 붙여

보았다.

"그러네."

공주는 무성의하게 대답한 뒤 가방을 한쪽에 내려놓고는 낡고 오래된 침대에 엉덩이를 붙였다.

그녀가 앉자마자 침대는 요란하게 앓는 소리를 냈다.

이에 공주가 인상을 찌푸렸다.

여기서 잤다간 밤새 침대의 앓는 소리를 들으며 자야 할 터였다.

잠귀가 예민한 편은 아니지만 한밤중에 침대가 삐거덕거리면,

'야, 야하잖아!'

그녀가 인상을 찌푸린 이유는 바로 여기에 있었다.

반면 딕스는 이 방에서 향수를 느꼈다.

고향집 제 방을 보는 듯해서다. 익숙한 냄새까지 고향집 제 방을 연상시킨다.

"아무래도 바닥에 담요를 깔고 자야겠어."

침대에서 엉덩이를 뗀 공주가 붉어진 얼굴로 어색하게 말했다.

소년은 이해할 수 없다는 표정으로 공주를 보았다.

침대 섭섭하게 저 무슨 망언이란 말인가!

'공주님도 참 너무하시네. 내가 그렇게까지 빌었으면 불쌍해서라도 봐주겠다, 쳇!'

소년은 어제 있었던 일로 아직도 그녀가 꽁해 있다고 생각
했다.

하지만 이를 내색할 수는 없다.

저 창밖에 뜬 달을 보라.

지금 저 달을 공주가 해라고 우긴다면 소년은 이에 맞장구
쳐야 한다.

하물며 바닥에 담요 깔고 자는 일쯤이야.

'공주님, 진짜 나랑 한번 해보겠다 이거죠. 알았어요, 콜,
콜!'

딕스도 삐쳤다. 내색할 수는 없지만 맘속으로 공주에 대한
불평을 한 양동이는 쏟아냈을 것이다.

소년은 오늘 밤 뜨끈뜨끈한 물 장판을 혼자 몰래 깔고 자기
로 결심했다.

당연히 그녀에겐 절대 해주지 않을 것이다.

지가 고생하겠다는데 말릴 필요가 있나.

"담요 얻어올게, 누나. 헤헷."

"그래."

속내를 꽁꽁 숨긴 소년은 그녀를 향해 맑게 웃어준 뒤 방을
나선다.

탁.

방문을 닫자마자 소년의 얼굴에 표현하지 못한 그간의 불
만들이 무섭게 용솟음친다.

소리 내지 않고 입술을 쉴 새 없이 놀린 딕스는 조금 화가 풀리는지 다시 웃는 얼굴이 되어 집주인에게 담요 두 장을 더 얻어 방으로 돌아왔다.

"누나, 여기 담요. 헤헷."

"내가 창가 쪽에서 잘게. 넌 안쪽에서 자."

창가는 바람이 들어온다.

이를 모르지 않을 텐데 공주는 가장 불편한 자리를 선택했다.

공주에게 불만이 없었다면 딕스는 그녀의 불편을 용납하지 않았을 것이다.

하지만 지금은 그녀에게 삐쳐 있었기에 두말없이 이를 받아들였다.

공주가 딕스의 담요까지 깔아주고, 잠자리를 봐준다.

순간 딕스는 그녀에게 미안함을 느꼈다.

'안 돼! 마음 약해지면 안 돼!'

소년은 두 눈을 질끈 감았다.

겨우 하룻밤이다.

이틀 내리 마음 고생한 자신에 비하면 참 별것 아니다.

그러니 오늘 밤은 그녀가 고생해도 된다.

'날 나쁜 놈이라고 욕하는 놈들 있음 모조리 익사시켜 버릴 거야!'

그 밤, 소년은 전혀 알지 못했다.

이 밤이… 이 밤이…….

"콜록, 콜록… 끄웅, 끄으응."

삐걱삐걱.

그냥 하룻밤 냉골에 재웠을 뿐이다.

그저 좀 더 바람이 많이 들어오는 창 쪽에서 자는 걸 내버려 둔 게 전부다.

그런데 그거 조금 고생했다고 공주가 다 죽어간다.

이래서 도시 촌놈은 답도 없다는 말이 있는가 보다.

"누나, 괜찮아? 포션이라도 조금 먹는 건 어때?"

질병에 포션은 그냥 도움 안 되는 쓴 약일 뿐이다.

그럼에도 혹시나 싶어 이를 권해보는 딕스다.

"괘, 괜찮아. 조금… 음, 쉬면 나아질 거야. 그리고 포션은 도움이 안 돼."

숨이 꼴딱꼴딱 넘어가며 창백한 얼굴로 저리 말하니 꼭 임종 직전의 모습을 보는 것 같다.

만약 여기서 공주가 잘못되기라도 한다면 뒷감당은 온전히 자신의 몫이 아닌가.

남자답게 그녀를 포용했어야 했다.

그랬다면 공주가 저 지독한 감기에 걸리지 않았을 텐데.

보잘것없는 이 작은 마을은 그 흔한 의사 하나 없다.

하긴 이런 마을에 의사가 상주한다면 제 손가락이나 빨아

먹고 살아야 할 것이다.

꾹꾹.

쪼르륵.

일단은 펄펄 끓는 공주의 열을 식히는 게 중요하다.

소년은 공주 옆에 내내 붙어서 계속 냉찜질을 해주고 있었다.

"그래도 새벽보다 열은 많이 내린 것 같아."

어슴푸레한 새벽, 끙끙 앓는 공주의 신음 소리를 듣고 일어나 그녀의 모습을 봤을 때 딕스는 기절하는 줄 알았다.

공주의 모습은 영락없는 반시체였었다.

반나절도 채 안 되어 이런 몰골이 될 수 있다니, 내내 지켜보았지만 보고도 믿어지지가 않았다.

그때부터 소년은 정신없이 그녀를 간호하기 시작했고, 그덕에 공주는 약간이나마 살아 있는 사람처럼 보였다.

'감기가 이렇게 무서운 병이었나?'

감기는 누구나 걸린다.

하지만 그 감기로 인해 사람이 죽을 수도 있겠다고 느낀 건 이번이 처음이었다.

그만큼 공주가 앓는 모습은 다 죽어가는 말기 불치병 환자를 연상시켰다.

공주가 다 죽어가는 목소리로 그를 부른다.

"…딕스."

"예?"

"머리 아파서 그러니… 말 좀 시키지 마. 대답할 힘도… 콜록콜록! 없어……. 하아, 하아."

딕스는 섭섭함을 느꼈다.

새벽부터 점심시간이 다 되어가는 지금까지 손이 얼어터질 정도로 냉찜질을 해주고 있다.

물론 아픈 사람이다 보니 예민하고 힘든 건 이해한다.

그래도 그렇지, 입 닥치고 있으라니!

뭐, 이런 강한 어감은 아니었지만.

수건이 다시 뜨뜻해지자 딕스는 이를 대야에 담갔다.

손에 감각이 없다 보니 물이 찬지 미지근한지 분간하기 어려웠다.

소년은 소매를 걷어 팔꿈치를 대야 물에 댔다.

어느새 미지근해져 물을 갈아야 할 것 같다.

공주는 숨을 힘겹게 몰아쉬며 두 눈을 질끈 감고 있었고, 한기를 느끼는지 몸을 와들와들 떨었다.

얼굴은 냉찜질 탓인지 식은땀 때문인지 분간하기 힘든 물기로 축축했다.

감기를 중병처럼 앓는 사람이 있음에 딕스는 새삼 신기한 눈으로 공주를 보았다.

'왕족이라서 저런 건가?'

삐걱.

문이 열리고 집주인 할머니가 김이 모락모락 올라오는 수프를 갖고 들어온다.

딕스와 공주는 그녀에게 수도에서 장사하시는 부모님을 만나러 가는 남매라 소개했고, 집주인 내외는 그 말을 믿었다.

할머니는 누나를 지극정성으로 간호하는 딕스의 행동에 성실하고 착한 남동생이라며 칭찬을 아끼지 않았다.

그녀는 수프를 든 채 소년을 대견하게 바라보았다.

"누나는 어때?"

"새벽보다 많이 나아졌어요, 할머니."

"다행이네. 참, 이거 수픈데 누나 먹여. 그리고 너도 밥은 먹어야지. 네가 굶는다고 누나가 빨리 완쾌되는 것은 아니야. 간호하는 사람이 잘 먹고 튼튼해야 환자를 잘 돌볼 수 있는 법이란다. 그러니 주방에 와서 뭐라도 좀 들어."

"예, 그럴게요. 감사합니다, 할머니."

"헐헐헐, 요즘 애들답지 않게 심성이 참 바르군. 누가 부모지 몰라도 자식 참 잘 낳았네, 잘 낳았어. 손녀사위 삼았으면 좋겠네, 헐헐."

할머니의 칭찬에 딕스는 겸손을 떨었다.

소년의 어깨를 다정하게 두드리며 격려해 준 할머니가 나가자 딕스는 공주에게 수프를 권했지만 그녀는 만사가 귀찮은지 손을 내저었다.

"물 갈고 올게."

딕스는 대야를 들고 앞마당으로 나왔다.

이 집에서 개울까지는 걸어서 10분이다.

다행히 아침부터 내린 눈 덕분에 물을 길러 거기까지 갈 필요는 없었다.

눈은 어느새 무릎까지 쌓였다.

그럼에도 눈은 여전히 그칠 기미가 안 보였다.

후드득.

지붕에서 눈 더미가 쏟아져 내렸다.

"에크!"

깜짝 놀란 딕스는 대야를 놓치고 말았다.

그는 고개를 들어 지붕을 쳐다보았다.

"이런, 사람이 있는 줄 몰랐네. 괜찮으냐?"

집주인 할아버지가 지붕에서 고개를 삐쭉 내밀며 미안한 표정을 짓는다.

이 집은 인심 후한 노인 내외만 살고 있었다.

"전 괜찮아요. 헤헤, 눈 치우고 계셨어요?"

"하늘을 보니 쉬이 그칠 눈이 아니구나. 미리미리 치워둬야 지붕이 무너지지 않는단다. 허허."

두꺼운 회색 하늘을 바라보는 할아버지의 얼굴에 짙은 근심이 보인다.

육신이 노쇠해지다 보니 아무래도 집을 관리하는 게 예전만 못하다.

그렇다 보니 여름엔 태풍에 집이 상하지 않을까 걱정이요, 겨울은 폭설에 집이 무너지지 않을까 걱정이다.

젊어서 자식들 뼈 빠지게 키워놓으니 다들 제 살길 찾아 뿔뿔이 흩어지고 남은 것이라곤 늙은 처와 낡은 집이 노인이 가진 전 재산이다.

쓸쓸한 일이 아닐 수 없다.

"제가 도와 드릴게요. 누나도 열이 많이 내렸거든요."

일이 힘에 부치던 노인은 딕스의 자청에 얼굴에 기쁜 빛을 드러냈다.

노동은 혼자 하는 것보다 동료와 말 상대를 해가며 하는 게 덜 힘들고 능률도 좋다.

"내 집에 머무는 손님인데… 미안해서."

"아뇨, 미안해하지 않으셔도 돼요. 금방 들어갔다 나올 테니 쉬고 계세요."

저 할아버지를 보니 갑자기 아버지 생각이 난다. 아버지도 나이 드시면 어머니와 단둘이 저러한 모습으로 살아가지 않을까.

마음 한편이 절로 짠해지는 딕스였다.

'내 부모님의 노년은 절대 저분들처럼 방치하지 않을 거야!'

소년은 의지를 불태웠다.

딕스와 공주가 민박한 마을은 폭설로 인해 외부로부터 완전히 고립되었다.

이렇다 보니 마차 바퀴를 수리하러 간 마부와 마부의 조수 역시 당분간 오지 못할 것이다.

일정에 큰 차질이 빚어졌지만 천재지변이니 누굴 탓할 수도 없는 노릇이었다.

민박 3일째.

밖은 여전히 눈이 내린다.

서너 시간 전부터는 바람까지 흉흉하게 불어댔다.

집주인 할아버지는 지붕이 걱정되는지 틈틈이 밖으로 나가 쌓인 눈을 걷어낸다.

노인이 일하는 걸 젊은 놈이 지켜보고만 있는 건 있을 수 없는 일.

딕스는 할아버지를 대신해서 지붕의 눈을 치웠다.

소년이 도와주자 할머니가 그를 대신해서 공주를 맡아주었다.

일을 끝내고 딕스는 벽난로 옆에서 할머니가 챙겨주신 음식을 할아버지와 나누어 먹었다.

가난한 농가에서 흔히 먹을 수 있는 조악한 음식이지만 이 음식이 소년은 싫지 않았다.

오히려 비싼 식당에서 먹는 음식보다 좋았다.

식당에서 먹는 음식은 혀를 즐겁게 해준다.

하지만 이 음식은 마음을 따뜻한 기운으로 채워준다.

"입에 맞지 않을 텐데도 잘 먹는구나."

음식을 복스럽게 먹는 딕스를 보자 할아버지는 무척 좋아했다.

성격도 싹싹하고, 어른 공경도 할 줄 알고, 형제간에 우애 있고, 일도 잘하고, 부지런하기까지 하다. 뉘 집 자식인지 가정교육 하나만큼은 정말이지 똑소리 나게 받았다는 생각을 하지 않을 수 없다.

"아뇨, 정말 맛있어요. 입도 즐겁고 마음도 즐겁게 하는 음식을 어디서 먹어 보겠어요, 헤헤."

"허허허. 그래, 많이 먹어라."

노인이 벽난로에 장작을 넣는다.

이제 남은 장작의 양이 얼마 없었다.

바깥 창고에서 장작을 더 가져와야 한다.

딕스는 노인이 창고로 가려고 일어서는 것을 막았다.

"할아버지, 제가 다녀올게요. 가는 길에 지붕의 눈도 치우고 올게요."

"지붕은 걱정하지 않아도 된단다."

"왜요?"

"바람이 알아서 치워줄 테니 굳이 수고할 필요가 없지. 게다가 이런 바람에 높은 곳에 올라가면 크게 다친단다. 이럴 땐 몸을 최대한 낮추면서 바람이 그칠 때까지 기다려야 하지.
허허, 늙은이가 다 아는 소릴 쓸데없이 장황하게 늘어놓았구
나."

노인의 말속엔 인생을 살아가는 중요한 스킬이 담겨져 있
다.

딕스는 또래답지 않게 노인의 말에 깊은 공감을 느꼈다.

"그럼 장작만 가져올게요."

"부탁하마."

딕스는 현관으로 향했다.

바람과의 힘겨루기에서 겨우 승리한 소년은 문밖으로 나
올 수 있었다.

바람이 온몸을 때린다.

집 안에 있을 때는 바람이 이리 세찬지 몰랐다.

'지붕 안 날아가려나?'

공주는 아직도 아프다.

그리고 집 안엔 힘없는 노인 내외가 있다.

그 와중에 지붕까지 날아간다면 그보다 더 큰 낭패도 없을
것이다.

딕스는 자신이 할 수 있는 일이 없을까 궁리했다.

그때였다.

"크아아—악!"

"꺄아악!"

거센 바람 소리를 뚫고 들려오는 비명.

화들짝 놀란 딕스는 소리가 들린 방향으로 몸을 돌렸다.

눈보라가 몰아치는 밤이다.

눈을 뜰 수도 없는 이런 상황에서는 시각보다 청각이 효율적이다.

비명은 더 이상 들리지 않았다.

그래도 혹시 몰라 소년은 숨소리까지 죽이며 한참을 움직이지 않았다.

'내가 잘못 들은 건가?'

고개를 갸웃거리며 창고로 가려던 딕스는 잔뜩 굳은 얼굴로 다시 걸음을 멈추었다.

또 들었다, 비명을!

소년은 오메가를 구동해 물의 척후를 활성화시켰다.

지금 환경은 소년이 제 힘을 발휘하기에 최상의 조건을 제공했다.

물의 척후는 소년에게 많은 정보를 물어다 주었다.

'곳곳에서 존재감이 갑자기 사라진다!'

살아 있는 것들의 존재감이 사라진다는 것은 누군가 마을 사람들을 죽이고 있다는 의미다.

대체 무슨 이유에서 그들을 죽인단 말인가.

딕스는 곧장 집 안으로 뛰어들어 물의 힘을 발동해 모든 불을 꺼버렸다.

갑작스럽게 벌어진 괴사에 할아버지가 기함한다.

하지만 이를 차근차근 설명하고 양해를 구할 시간이 딕스에겐 없었다.

저 밖에는 살인마들이 설치고 있다.

당장은 그것부터 처리해야 한다.

"나중에 말씀드릴 테니 불 켜면 안 돼요!"

딕스는 곧장 공주가 있는 방으로 뛰어 들어갔다.

방으로 들어가자마자 방 안의 모든 불을 꺼버렸다.

"에구머니!"

할머니의 비명을 들었지만 그녀에게도 자세히 설명할 시간이 없었다.

물의 척후는 살인자들의 움직임을 실시간으로 소년에게 전송한다.

존재감의 상실 현상은 더 이상 일어나지 않았다.

이는 살인마들이 마을 주민 모두를 다 죽였다는 뜻이다.

지금의 남아 있는 존재감은 모두 살인자들의 것이리라.

놈들의 수는 스물넷!

"무, 무슨 일이니?"

몸이 완쾌되지 않은 공주의 안색은 여전히 창백하다.

오한과 발열은 없어졌지만 그녀의 거친 콜록거림은 여전하다.

저 소리를 멈추지 않는 한 제대로 된 은신은 불가능한 노릇이다.

거실에 있던 할아버지가 들어온다.

소년을 편안하게 대하던 모습이 얼굴에서 싹 사라지고 없다.

할아버지는 할머니를 등 뒤로 감추며 소년을 경계했고, 공주는 무슨 일인지 눈으로 연신 재촉했다.

"제 말 잘 들으세요. 마을 사람들이 학살당했어요. 지금 그 학살자들이 이쪽으로 오고 있어요."

딕스는 간결하게 상황을 설명했다.

노부부는 소년의 말에 몹시 놀랐다.

상황을 이해한 공주는 곧장 침대에서 내려왔다.

그녀는 중심을 잡지 못해 비틀거렸고 소년이 재빨리 다가가 그녀를 부축했다.

순간 공주의 몸에서 땀 냄새가 훅 밀려 올라왔는데, 의외로 향긋한 느낌이다.

딕스의 부축을 받으며 공주가 노부부를 향해 말했다.

"두 분, 황당하고 놀라셨을 거라 생각합니다. 하지만 제 동생의 말을 믿어주세요."

"난 이해할 수 없어. 어떻게 불을 손도 안 대고 한 번에 다 끈 거지? 그리고 학살자라니! 대체… 너희들은 누구냐?"

딕스와 공주를 바라보는 할아버지의 두 눈엔 두려움과 의심이 가득했다.

할아버지의 손엔 어느새 시커먼 부지깽이가 들려 있었다.

여차하면 그것으로 공격할 모양새다.

그때 뒤에 있던 할머니가 남편의 등을 다독이며 앞으로 나섰다.

"영감, 지난 시간 저 아이를 보지 않았수. 저 아이의 행실을 보면 결코 나쁜 짓을 할 아이도 아니고 헛소리할 아이도 아니잖아요. 그러니 일단 저 아이의 말을 믿고 따라봅시다."

할머니가 달래자 딕스를 향한 할아버지의 경계심이 많이 누그러졌다.

소년의 돌발 행동과 괴상한 힘에 깜짝 놀라 경황이 없었던 할아버지는 조금씩 안정을 되찾았다.

"하긴 보잘것없는 가난한 두 늙은이를 괴롭힐 아이는 아니지. 그래, 우리가 어찌하면 되겠느냐?"

밖은 어둡고 바람이 거세며 눈으로 온 세상이 뒤덮여 있다.

어둠과 바람을 제외하면 작금의 세상은 딕스가 활동하기에 유리한 최적의 환경이다.

딕스는 이 집 안에서 놈들을 상대하기로 결심했다.

밖에 살아 있는 놈들은 전부 학살자로 간주하면 된다.

그러니 인정사정 봐주지 말고 모조리, 포착된 모든 존재감을 지워 버리자.

결정은 빨리, 행동은 즉시!

"이 방에 꼼짝 말고 계세요. 그렇게만 해주시면 돼요, 부탁드릴게요."

딕스는 창문과 방문을 닫은 뒤 거실로 나왔다.

공주가 따라 나오려 했지만 그는 단호하게 이를 거절했다.

공주를 노부부에게 맡긴 딕스는 거실 중앙에 섰다.

벌판에서 고블린을 상대했던 첫 광역 마법은 참 힘들었었
다.

넓은 지역을 뒤덮을 짙은 안개가 필요했고, 이를 위해 전력
을 다해 그 일대 지표면에서 물을 끌어모았었다.

그래도 예상한 것보다 부족해서 궁리 끝에 지하수를 떠올
렸었다.

그 뒤로도 적당한 깊이에 있는 지하수를 찾느라 엄청 고생
했다.

너무 깊은 땅속 지하수는 끌어올릴 엄두가 나지 않았기 때
문이다.

그리고 그 지하수를 지표면으로 끌어내느라 또 죽을힘을
다했었다.

그렇게 사전에 준비를 마치고 비정상적인 몸 상태에서 안
개를 대량 생산해서 그 안개를 펄펄 끓였던 것이다.

공주는 자신이 그냥 쉽게 쉽게 마법을 펼친 줄 알지만 그
이면에 숨겨진 진실은 그러했다.

'그땐 완전 피똥 싸고 죽는 줄 알았지.'

더럽지만 이게 현실이었고 진실이었다.

하지만 지금은 사전 준비 단계가 필요하지 않았다.

온 세상이 물의 기운으로 꽉 차 있기 때문이다.

소년이 가장 강력할 수 있는 시간인 것이다.

"일단… 확실하게 다 죽여놓고 보자."

딕스는 마법사다.

세간에서 말하는 진정한 의미의 마법사가 아닌, 특수한 분류에 위치한 견습 마법사다.

이 앞에 '최강' 이라는 수식어도 물론 붙여야 한다.

소년이 완전 마력 문장을 가진 마법사였다면 근접전도 겁내지 않고 놈들 앞에 당당히 나설 수 있다.

하지만 견습 마법사였기에 어떤 실력을 가졌는지 알 수 없는 놈들 앞에 제 모습을 드러낼 수는 없다.

따라서 놈들이 접근하기 전에 해치워야 한다.

이것이 가능한 것이 바로 마법사의 특권이 아니겠는가.

소년은 그 특권을 누리기 위해 오메가 핵을 구동시켰다.

물의 힘은 강력한 야수로 돌변했다.

포악한 물의 야수는 적들을 온몸으로 감싸 버렸다.

스물네 명의 학살자들은 제 몸을 감싼 얼음장 같은 물 덩이 속에서 극심한 고통을 겪었다.

몸에 뚫린 모든 구멍으로 물살이 쑤시듯이 밀고 들어온다.

구멍 속 부드러운 속살이 거침없는 물살로 인해 찢기고 터진다.

그냥 물 덩이에 갇힌 것이라면 수십 분을 견딜 수 있도록 훈련받은 자들이었지만 이와 같은 방법으로 물이 침투해 들어오자 이들 역시 속수무책이다.

배가 풍선처럼 커지다가 더는 견디지 못하고 뻥뻥 터져 나간다.

예전, 기사 하일스에게 생지옥을 보여준 바로 그 기술이다.

스물네 명의 학살자들이 흉측한 몰골로 모두 쓰러졌다.

딕스는 놈들의 존재감이 완전히 사라진 후에야 천천히 힘을 풀었다.

생명을 말살하는 행위는 유쾌하지 않다. 그것이 어떤 상황이든.

'그러니까… 왜 무섭게 해!'

제7장

남자가 고독을 찾는 이유

　"형아, 나도 내가 무서워. 나도 잘 아니까… 지적 마, 히
잉."

　환청이 들린다.

　유령일지도 모른다.

　그래서 소년은 공손하게 밤하늘을 향해 소리쳤다.

　굳이 모을 필요는 없었다.

　그냥 따로따로 봤으면 덜 충격적이었을 텐데.

　스물네 구의 시신을 한데 모아 놓고 보니 나름 강철 같은
비위와 정신을 가진 딕스 역시 버티기 힘들었다.

　오죽하면 환청에 대답까지 했겠는가.

소년의 전방에 펼쳐진 시체 모두 내장이 다 적출된 깨끗한 상태다.

그 모습은 마치 도축장 갈고리에 걸린 청결한(?) 돼지를 연상시킨다.

소년은 이처럼 사람을 잔인하게 죽일 마음 따위 없었다.

위험이 가까이 오지 않도록 그저 과도하게 최선을 다했을 뿐이다.

'물에 빠지면 숨이 막혀 죽는 게 아니라 배가 터져 죽는구나!'

사람들이 삶이 힘들어서 강이나 연못, 호수에 빠져 죽는다는 말을 들었다.

예전엔 물 더럽히게 왜 그러냐는 생각을 했다면, 지금은 그 생각에 하나의 항목이 추가됐다.

물에 빠져 죽으려는 자가 있다면 인간적으로 다른 방법을 진지하게 생각해 보라는 것이다.

소년은 물에 빠져 죽어가는 자를 딱 한 번 보았다.

그의 손에 목숨을 잃은 기사 하일스다.

당시엔 너무 겁나고 경황이 없어서 잘 느껴지지 않았다.

그저 주변 사람들이 자신을 어찌 바라볼까 두려워 눈치 보느라 정신이 없었다.

하지만 지금은 온전한 정신으로 스물네 구의 시체를 지켜보고 있다.

주위에는 아무도 없다.

눈보라 치는 어두운 밤길을 혼자서 왔고, 홀로 이 모든 시체들을 모았다.

물론 일일이 찾아다니며 소년이 직접 모은 것은 아니다.

먹이를 통째로 삼킨 뱀처럼 물 덩이들이 소년의 지시를 받아 시체를 그 앞에 대령했다.

엽기와 잔혹과 호러와 오컬트적인 요소들이 눈보라 치는 어두운 이 현장에 모두 살아 숨 쉰다.

그리고 이 모든 중심에 서 있는 소년은 마치 마왕의 적장자 같다.

휴우.

마왕의 적장자!

아니, 소년은 한숨을 내쉰 뒤 익사체(?)들을 살피기 시작했다.

속은 엄청 안 좋고 많이 겁나지만 할 건 해야 한다.

'죽을 맛이네, 에휴.'

죽은 자들의 감정과 인격을 위해서라도 자신이 저들을 역겨워하거나 두려워해서는 안 된다.

죄는 미워하되 사람은 미워하지 말란 말이 있다.

그 죄가 미워 두 번 다시 움직이지 못하게 해줬으니 저들은 이제 죄인이 아니다.

그러니 인간적으로 존중해 줘야 한다.

이것이야말로 정상적인 인간으로서 가져야 할 당연한 품격과 품위가 아니겠는가.

덜덜덜.

그래서 소년은 표정 하나 없는 얼굴로 기계처럼 시체를 뒤지려 노력한다.

덜덜덜.

'엄마의 그 말… 그거 칭찬이 아니었어!'

열 번째 시체를 뒤지다 문득 어머니의 말이 떠오른 딕스다.

너도 커서 너 같은 자식 낳았으면 참 좋겠구나!

큰형의 일로 부랴부랴 고향집에 잠시 들렀을 때, 딕스는 어머니 메들린에게서 그 말을 들었다.

보통은 그런 말을 속 썩이는 자식에게 하는 부모의 한숨 같은 것이라고 생각할 테지만, 소년의 어머니는 진심으로 그와 같은 일이 아들에게 있길 바라는 축언으로 한 말이었다.

어찌 아니 그렇겠는가.

사지 육신과 정신 멀쩡하고 남들은 꿈조차 꿀 수 없는 이른 나이에 안정된 고소득 직장과 사회적 지위를 누리고 있다.

여기에 더해 주위 사람들로부터 사랑받고 부모에 효도하며 형제 간에 우애 있는 완벽한 아들이 바로 딕스다.

당시에 소년은 이 말을 기쁘게 받아들였다.

한데 지금은 어머니의 그 말씀이 절대 축복이 아니라는 생각을 했다.

'혹시라도 이 짓을 훗날 태어날 내 자식들과 함께한다면……?!'

깜짝 놀란 딕스는 자신의 생각을 머릿속에서 황급히 이를 지웠다.

'이 판국에 무슨 망상이냐! 딕스, 정신 차려!'

지금은 그런 쓸데없는 걱정을 할 때가 아니다.

개인적으로는 중차대한 일이지만 일을 끝내고 고민해도 된다.

"이자들 검이… 날이 하나뿐이니, 칼이라고 해야… 그게 뭔 대수야. 그런 쓸데없는 생각을 할 때가 아니잖아!"

소년은 이자들의 의복과 칼이 눈에 익었다.

이 때문에 그는 모든 시체를 모았고 꼼꼼히 살피는 중이다.

그러다 스물두 번째 시신에서 예기치 않게 낯익은 기운을 느꼈다.

'눈매가… 어디서 본 것 같은데.'

하나는 우연으로 치부할 수 있다.

하지만 두 개라면……!

마차 안에서 잠깐 눈이 마주쳤던 살벌한 눈빛의 남자 눈매와 스물두 번째 시신의 눈매가 비슷해 보인다.

거기에 그때 그자가 했던 목도리와 흡사한 것도 가지고

있다.

딕스는 그 목도리로 남자의 얼굴을 가리고 눈매만 드러나게 한 뒤 자세히 바라보았다.

"그자잖아! 가만, 가만! 저치들… 호숫가에서 봤던 시체와 같은 복장!"

그는 이 사건의 중심에 자신이 걸쳐져 있다는 느낌을 받았다.

호숫가의 시체들과 여기 시체가 동료고, 스물두 번째 남자가 자신을 추격했다면? 이들의 목적이 처음부터 자신이었다면?!

그런데 저치들은 왜 죄 없는 주민들을 학살했지? 자신이 목적이라면 굳이 그럴 이유가 없다.

피에 굶주린 몬스터가 아닌 이상 그건 상식적으로 말이 안 된다.

하지만 자신을 보라.

열네 살 꼬맹이가 눈보라 치는 깊은 밤에 내장이 적출된 시체들을 뒤지는 건 상식적으로 말이 되는 상황인가.

가끔 세상을 비관적으로, 비상식적인 잣대로 판단해야만 하는 경우가 종종 발생한다.

그 비상식적인 머리로 소년은 다시 추리에 빠져들었다.

늘 자신을 따라다니던 행운 뒤의 불행도 추리 과정에 소스로 첨가한다.

소년은 자신을 체스 판의 말처럼 사건의 판 위에서 움직여 보았다.

호숫가 현장, 자신을 아는 듯한 눈빛으로 쏘아보았던 스물 두 번째 사내, 마을에서 발생한 학살.

이 모든 걸 연결하는 공통점.

소년은 이 연결 점에 자신을 배제하고 공주와 이 마을 주민을 넣어보았으나 공통점을 찾을 수 없었다.

호숫가 사건 때의 그치들만 아니라면 이번 사건은 공주를 노린 자들의 출현으로 강력하게 간주할 수 있다.

그런데 호숫가의 사람들은 다른 자를 노렸었고 그자의 손에 모두 죽임을 당했다.

놈들이 만약 공주가 묵었던 여관 근처에서만 죽었어도 공주를 노린 자들로 여길 수 있을 터다.

하지만 여관과 호숫가는 너무 멀다.

또한 그간 공주를 향한 이렇다 할 공격도, 감시도 없었다는 점을 배제할 수 없다.

그럼 마을 주민들이 단체로 죽어야 할 원한을 샀다면? 이 가능성도 배제할 수는 없다.

가난해도 행복하게 사는 자들이지만 뒷구멍으로 문제가 되는 불법적인 일을 벌일 수 있다.

그것이 학살의 원인일 수도 있지 않을까.

세상엔 세 가지 유형의 인간이 있다.

나쁘면서 나쁜 놈으로 알려진 인간.

나쁘지만 나쁜 놈으로 알려지지 않은 인간.

이도 저도 아닌 착하기만 한 어중간한 인간.

소년은 이 셋 중 두 번째 유형을 선호한다.

'그럼, 호숫가는?

호숫가의 현장과 이 마을 주민들은 공통점도, 연결점도 없다.

소년은 세차게 고개를 내저었다.

그는 자신의 생각을 냉정하게 재정리하기 시작했다.

위험이 보인다면 무조건 이를 인생 최대의 난적으로 봐야 한다.

닭 잡는 데 소 잡는 칼을 써라.

그럼 확실하게 닭을 잡을 수 있다.

자고로 이런 일엔 효율이란 말은 철저히 배제해야 한다.

위험에 대한 대비와 대처는 철철 넘칠수록 좋다.

최근 들어 효율성을 신봉하는 소년이 왜 이런 마음일까? 이유는 하나다.

목숨은 여벌이 없으니까.

소년은 자신의 이 추리가 망상일지도 모른다고 생각했지만 목숨이 걸린 이상 망상이라 하더라도 평소보다 더 주변을 경계해야 한다고 생각했다.

"만날 눈 오고 비 왔으면 좋겠네. 아니면 주변에 늘 강이나 호수나, 하다못해 연못이라도 있으면 좋을 텐데. 그게 안 되면 가까운 땅속에 지하수라도……."

왜 자신은 물을 바깥에서만 찾는 걸까? 사람의 몸은 수분 덩어리라고 하지 않던가.

그렇다면 사람 몸속의 수분을 이용해 마법을 쓸 수 있지 않을까.

"…항마력 때문에 어렵겠지."

생명체는 항마력을 갖추고 있다.

그 고유의 힘은 체내를 파괴하는 마법적인 힘을 막는 역할을 한다.

이는 절대 통과할 수 없는 벽이라 보면 된다.

혹시 이를 통과하고 싶으면 생명체를 시체로 만들면 된다.

그럼 이 신비로운 면역 기관은 제 기능을 잃게 된다.

소년은 자신의 생존을 위해서, 자신만의 무기를 만들기 위해 치열하게 고민했다.

그때 퍼뜩 떠오른 생각이 있었다.

'…경험을 되살려야겠구나!'

정체불명의 집단에서 파견한 십 조와 십삼 조, 총 스물네 명, 5일 전 전원 사망.

이들을 파견한 조직은 아직 이러한 사실을 모른다.

열흘 동안의 폭설 탓에 이웃과의 소통조차 어려운 환경이 연일 계속인 까닭이다.

딕스는 민박집 할아버지에게 부탁해 창고 지하를 빌려 쓰고 있었다.

이 창고에서 소년은 하루에 한 번씩 밖으로 나갔다가 커다란 망태기를 들고 다시 돌아왔다.

저 안에서 소년이 무엇을 하는지 아무도 알지 못했다.

감기를 중병처럼 앓아 소년을 깜짝 놀라게 했던 공주 역시 창고 지하에는 출입 금지였다.

강제로 들어가려면 들어갈 수 있지 않느냐 하겠지만 절대 그럴 수 없다.

문 안쪽을 커다란 얼음덩어리가 막고 있기 때문이다.

소년은 이곳에서 은밀히 무언가를 하고 있었다.

꾸욱.

주르륵.

소년이 하는 일은 단순했다.

하루에 한 번 밖에 나가 동면하고 있는 독사를 잡아온다.

폭설로 걷는 게 힘들지 않느냐, 땅속에 들어간 뱀은 어찌 잡느냐 따위의 말은 하지 마라.

물을 다루는 소년에게 이 일은 식은 수프 먹기보다 쉬운 일이니까.

이 겨울, 소년은 마을 주변에서 최강의 포식자로 군림했다.

특히 동면에 든 독사에게 그는 사신의 왕이나 다름없었다.

독을 쭉쭉 빼내고, 그 살코기는 펄펄 끓는 허공에 뜬 물 덩이에 넣고 푹 삶아 먹는다.

계속 삶은 뱀 고기를 먹다 보니 물리는 감도 없지 않지만, 먹는 걸 함부로 버리면 죄받는다.

그러니 힘들더라도 열심히 먹어야 한다.

못 먹는 뱀 가죽과 대가리는 뱀 잡으러 갈 때마다 들고 나가 적당한 곳에 버린다.

이렇게 5일을 계속하다 보니 엄청난 양의 독액이 모였다.

"흐흐흐, 효율적인 액체란 말이야."

뱀독은 액체다.

물과 다르기에 움직일 수 있을지 사실 장담은 못 했다.

그렇지만 원액은 움직이지 못하더라도 물에 타면 가능하지 않겠는가 하는 생각에서 일단 실험했다. 그것만 해도 훌륭한 무기가 된다.

한데 웬걸, 원액도 움직일 수 있었다.

예전, 소년은 힘도 약하고 덩치도 작아 마을 아이들에게 수시로 괴롭힘을 당했었다.

이렇다 보니 복수할 수 있는 방법을 외부에서 찾게 되었고, 그중에서 소년이 가장 선호하고 좋아하는 것이 바로 뱀독이었다.

위험한 이 액체는 원액 그대로 쓰면 큰일이지만 물에 섞어서 쓰면 엄청 괴롭고, 아프고, 힘들어 대성통곡하는 정도로 그친다.

그리고 이 방법은 흔적도 안 남는다.

참고로 팁이 있다면 오늘 괴롭힘 당했다고 내일 당장 보복하면 안 된다.

한 달 정도 꾹 참았다가 상대가 방심했을 때 쥐도 새도 모르게 처방해야 한다.

그럼 심증과 물증을 동시에 흐릴 수 있다.

때린 놈이 두 발 뻗고 못 자는 이유가 바로 딕스 같은 녀석들이 세상에 존재하기 때문 아닐까 싶다.

두고 봐라, 절대 용서하지 않겠다! 삼류 악당의 이 멘트도 딕스 같은 녀석들이 하면 진짜 무서운 결과를 초래한다.

그러니 되도록 이런 부류의 인간과는 원한으로 엮이지 않는 게 장수의 지름길인 것이다.

"너무 모았나?"

과거엔 뱀 잡는 일이 무척 힘들었다.

한 번 실수하면 죽음으로 이어지기 때문이다.

처음엔 몹시 두렵고 떨렸지만 처음이 어렵지 해보니 요령이 생겼다.

땅꾼들을 쫓아다니며 뱀 잡는 요령을 눈대중으로 배웠고 독 없는 뱀을 대상으로 숱하게 실전 경험을 거쳤다.

그러나 지금은 오메가 핵만 움직이면 된다.

주옥같은 그 경험을 이리 활용할 수 있음도 다 능력이 뒷받

침을 해주었기 때문이다.

'난 뭘 해도 먹고 사는 데 지장은 없겠어.'

누가 될지는 몰라도 자신에게 시집오는 여자는 한평생 떵떵거리며 잘살 것이다.

복 받을 년.

펄펄 끓는 물 덩이에 던져두었던 뱀 살코기가 하얗게 익었다.

한눈에 봐도 익었는지 안 익었는지를 아는지라 뜨거운 물 덩이를 차갑게 식힌다.

뱀 고기를 꺼낸 딕스는 만족한 표정으로 이를 뜯어먹으며 지난 5일간 고생해서 모은 뱀독을 바라보았다.

흐뭇하고, 뿌듯하다.

'성인 남자의 치사량은 어떻게 될까? 무식하게 통째 뒤집어씌우는 건 비효율적이지.'

오물오물. 꿀꺽.

배 터져 죽을 만큼 뱀 고기를 꾸역꾸역 먹으면서까지 모은 독액이다.

그러니 효율적으로 아껴 써야 한다.

"꺼억~!"

사람을 물색해서 실험해 보고 싶지만 그건 진짜 나쁜 놈이나 할 짓이다.

자신처럼 선량한 아이는 절대 그런 짓을 하면 안 된다.

아빠 엄마의 아들이니까.

'곰 한 마리 잡아 실험하면 어느 정도가 효율적인 용량인지 알 수 있겠지.'

열네 살 소년이 곰을 잡는다? '그건 사기다' 라고 말하지 마라.

거듭 말하지만 얘는 다른 사람들과 다르다. 아니, 틀리다.

배도 부르고 그간 노력한 결과물도 만족스럽다.

"오늘 할머니가 엿 만든다고 했는데. 엿이나 실컷 먹어야지. 헤헤."

열심히 일했으니 이제 휴식이다.

소년은 즐거운 마음으로 지하실을 정리한 뒤 위층으로 향했다.

룰루랄라.

*   *   *

리안 부족 연합에 소속된 야니시아 부족은 뮬 공국과 국경을 맞댄 큰 부족이다.

공국과 이 부족은 이렇다 할 마찰 없이 그동안 잘 지내왔다.

이는 야니시아의 족장이 폭력을 싫어하는 평화주의자 성향이 짙었기 때문이다.

한데 얼마 전 야니시아의 족장이 향년 팔십오 세를 일기로 생을 마감하면서 국경 지역에 긴장감이 감돌기 시작했다.

뮬 공국, 공왕 집무실.

"야니시아의 전 족장이 후계로 지목한 삼남은 현재 저들의 최전방 남부 요새 파잔으로 들어가 농성 중입니다. 삼남은 자신의 추종자들과 요새로 들어가기 전, 충복을 연합의 수도 반시 헬로 급파했다고 합니다. 현 야니시아 부족의 후계 다툼의 분수령은 그자의 임무 성공 여부에 달렸다고 보입니다."

공국 정보부의 원장이 굳은 얼굴로 공왕 알리힐에게 야니시아 부족의 정세를 보고했다.

집무실엔 벤자민 재상을 비롯해 각부의 장관들이 모두 참석해 있었다.

공왕 알리힐에게는 딸을 잃은 아버지의 초췌함이 여전히 보이고 있었지만 그는 한 가정의 가장이자 아버지이기 이전에 냉철해져야 하는 군주이기도 하다.

"전 족장의 아들들은 하나같이 성격이 포악하고 호전적이라고 들었소. 다만 그의 삼남만이 그 아비를 닮아 합리적이고 온화한 성품이라 알고 있소. 우리가 저들의 내전에 직접적으로 개입할 수는 없지만 간접적인 방법으로 삼남을 도와주는 게 현명한 처사일 것이오."

공왕 알리힐이 큰 방향을 정해주었다.

신하들은 그 방향에 맞게 방법을 제시하면 된다.

현 비밀회의에서 발언권이 가장 강력한 부서인 정보부 원장이 다시 발언한다.

"전하, 파잔은 삼면이 절벽이라 공성이 쉽지 않은 천연의 요새입니다. 또한 일 년을 견딜 수 있는 비축 식량도 있사옵니다. 아국이 삼남을 돕는다면 포악하고 호전적인 그의 이복형제들이 가만있지 않을 것입니다. 자칫 아국의 북방이 전란에 휩싸일 수도 있습니다. 그러니 당분간은 이를 지켜보시는 게 옳을 듯합니다. 또한, 삼남이 보낸 충복이 임무를 완수한다면 야니시아의 권력 쟁투는 빠른 시간 내 잠잠해질 것이옵니다."

정보부 원장의 발언에 모든 이들이 고개를 끄떡이며 수긍한다.

공왕 역시 정보부 원장의 말에 옳음을 인정하고 있었다.

"삼남의 충복이 이번 야니시아 사태의 열쇠란 말이군요, 원장."

"그러하옵니다, 전하."

"아국 입장에선 삼남의 충복이 임무에 성공하기를 바라야겠군요."

공왕의 말에 모두가 동의한다.

공왕이 말을 이어나간다.

"그 충복의 존재는 삼남의 이복형제들도 알 테니 극심한 방해를 받겠지요."

"그러하옵니다."

"원장."

"예, 전하."

"본 공왕은 공주를 제대로 지키지 못한 책임을 물어, 공주의 수호 기사 스칼렛과 호위대의 책임자 패트릭을 리안 부족 연합의 수도 반시 헬의 본국 대사관의 무관으로 좌천시켰소. 그들에게 연락해 삼남의 충복을 돕게 하고자 하오."

공왕이 결정을 내렸다. 집무실의 그 누구도 공왕의 의견을 반대하지 않았다.

공국은 후계의 사망(?)으로 정계가 연일 술렁이고 있었다.

각 파벌에서 저마다 제 입맛에 맞는 왕족을 찾아내어 이들을 공왕에게 천거했다.

이들의 최근 관심사는 단 하나, 공왕이 누구를 후계자로 지목하느냐 뿐이었다.

이렇다 보니 공왕 알리힐은 여러 파벌의 견제를 받지 않고 무소불위의 왕권을 행사할 수 있었다.

이처럼 공왕은 각 파벌 간에 발생한 적극적인 신경전의 외곽 지대에서 공국의 훗날을 대비하고 있었다.

이는 공국의 오랜 염원을 자신의 딸이 이룰 수 있도록 초석을 다지는 공사였다.

세부적인 사안을 재상과 장관들이 머리를 맞대고 의논하

는 모습을 힐끗 보던 공왕은 창밖으로 시선을 던지며 자신의
딸을 내심 불러본다.

'감기를 중병처럼 앓는 녀석인데… 올 겨울은 밖에서 보내
니 더 걱정이구나. 휴우.'

길이 다시 뚫리고 세상은 다시 정상으로 돌아왔다.

딕스와 공주가 갇혀 지낸 마을이 근방에서 큰 화제가 되었
다.

늙은 내외를 제외하고 모든 주민들이 다 몰살당했으니 어
찌 안 그렇겠는가.

이 마을 소식을 듣고 노부부의 자식들이 한달음에 달려왔
다.

부모의 무사함을 확인한 자식들은 안도했다.

하지만 안도는 현실적인 문제를 떠올리며 고민으로, 다시
자괴감으로 바뀌었다.

아무도 살지 않는 이 텅 빈 마을에 늙은 부모만 남겨두고
어찌 발길이 떨어질까.

그렇다고 모시고 가자니 입에 풀칠이나 하는 주제에 엄두
가 나지 않는다.

자식들이 서로의 눈치를 보며 입도 벙긋 못 하니 부모의 마
음인들 어찌 좋을 수 있을까.

노부부는 흉험한 일이 있었지만 그래도 고향이 최고라고

말하며 자식들이 부담 갖지 않도록 배려했다.

그렇게 자식 하나하나를 모두 보낸 노부부의 얼굴에 드리운 깊은 주름마다 외로움과 쓸쓸함이 넘친다.

그때, 떠났던 자식 중 하나가 눈물을 철철 흘리며 돌아왔다.

이 집의 차녀로 얼마 전 남편을 마차 사고로 잃고 두 딸과 함께 행상을 하며 근근이 먹고 사는 이였다.

형제들 중 가장 형편이 안 좋았지만 그럼에도 늙은 부모님이 걱정되어 그 길을 다시 돌아와서 모셔간다고 했다.

딸의 형편을 알기에 노부부는 극구 거절했지만 그 눈엔 함께 살고 싶은 마음이 훤히 보였다.

이에 공주가 노부부의 딸을 따로 불러내 장사 밑천을 내주었다.

여인은 다시 펑펑 울었고, 그녀의 우는 소리를 듣고 한달음에 달려 나온 노부부도 딸의 이야기를 듣고 또 울었다.

공주는 이들에게 삶의 희망을 주었다.

그들은 그 희망을 안고 고향을 웃으며 떠날 수 있었다.

"이럇!"

두두두두.

공주와 딕스 역시 가볍고 흐뭇한 마음으로 그곳을 떠날 수 있었다.

"얼마 줬어?"

"그건 왜 물어?"

"궁금하니까."

"네 돈 아니거든."

"물어보는 것도 안 돼?"

"응."

"치사해, 내가 밤잠 안 자가며 간호해 줬는데."

소년의 말에 공주는 잠시 미안함을 드러냈다.

열네 살이면 결코 많은 나이가 아니다.

그럼에도 소년을 보노라면 공주는 무척 든든했다.

"나도 네가 아프면 그렇게 해줄 테니까 걱정 마."

"쳇, 난 아파본 적 없어. 아주 어릴 때 제외하면."

"설마?"

"원래 촌아이들이 튼튼해. 그런데 진짜 말 안 해줄 거야?"

"넌 돈에 왜 그리 예민하니? 벌 만큼 버는 애가 그러니까 너무……."

"…너무?"

"구두쇠 같잖아."

공주의 말에 소년은 충격을 받았다.

구두쇠를 주인공으로 한 소설치고 결말이 좋은 소설은 없다.

그렇다면 공주의 저 말은 악담이지 않은가.

"히잉, 너무해. 난 검소할 뿐이라고. 쓸 때는 팍팍 쓴다고!"

"삐쳤니? 남자애가 뭐 그런 걸 가지고 삐치고 그러니."

이리 말하며 공주가 갑자기 달려들어 팔짱을 끼며 비비적 비비적한다.

물컹!

이 충격적인 촉감은… 뭐지? 설마, 이 살덩이가 그 살덩이는 아니겠지……?

이리저리 신경 쓸 일이 많아 한동안 여자에 대한 생각을 하지 않았다.

기분 같아서는 앞으로도 쭉 생각나지 않을 것 같았었다.

그런 줄 알았거늘, 방금 공주의 대시로 인해 봉인됐던 사춘기 수컷이 저절로 깨어났다.

'이, 이건… 불치병인가!'

남자라면 이 병에서 영원히 벗어날 수 없다.

그러니 딕스의 중얼거림처럼 불치병일 수도.

"바지에 그건 뭐니? 혹시, 쥐 같은 거 넣었니?"

소년은 그만 방심하고 말았다.

그녀의 젖가슴 촉감이 너무 좋아서 두 눈을 감고 미친 듯이 음미해 버린 것이다.

때문에 자신의 아랫도리를 생각하지 못했다.

뭐라고 대답해야 할까? '그게 발기했어요!' 라고 순진하게 말하면… 순진한 변태가 될 것 같다.

그렇다면 별난 취미의 녀석이 되는 수밖에 없다.

"예."

"……!"

슬금슬금.

공주가 질린 얼굴을 하고서는 마차 구석으로 도망치듯 숨는다.

소년을 바라보는 눈빛, 정확하게는 소년의 불룩한 아랫도리를 바라보는 그 표정과 꿈틀거리는 입술하며 뭔가가 곧 저곳에서 폭발할 것 같다.

"꺄아─악! 징그러워! 당장 저리 가!"

여자는 쥐를 안 좋아한다.

벌레도 안 좋아한다.

이를 갖고 노는 남자도 역시 안 좋아한다.

그래서 딕스는 마차에서 쫓겨나 짐칸 신세를 지게 되었다.

날도 추운데, 이런 날씨에 애를 쫓아내다니! 지 불리할 때만 애가 되는 소년이다.

추위 따위 마법 하나면 해결되니 사실 큰 어려움은 없다.

'남자들에게 혼자만의 시간이 필요하다는 말을 전에는 이해 못 했지. 하지만 지금은 이해할 수 있을 것 같아. 다 이 아랫도리 녀석의 발작이 남자가 고독을 씹어야 하는 이유였어.'

혼자이고 싶은 남자의 마음에 대한 정의를 소년은 단호하게 내렸다.

문제를 발견했으니 해답도 구해야 하지 않겠는가.

"끈으로 묶어두면 괜찮지 않을까?"

그러나 일반 끈은 안 된다. 적당한 신축성이 있는 끈이어야 한다.

'막 커지고… 막 작아지니까 변화에 대한 즉각적인 대응을 해야지. 그럼 고무줄이 좋겠구나!'

마차가 마을에 당도하면 즉시 고무줄부터 구입하리라.

소년은 이를 까먹지 않기 위해 메모지에 꼼꼼하게 적는다.

그때 메모지 한쪽에 적어놓은 글이 눈에 들어온다.

천 명분

딕스는 독액을 들고 가서 곰 열 마리를 잡았다.

그 실험을 통해서 소년은 곰을 완전 죽이는 법과 반쯤 죽여 놓는 데 필요한 독액의 용량을 알게 되었다. 그래서 자신이 갖고 있는 독액이 곰 천 마리를 죽일 수 있음을 알게 됐다.

천 명분은 바로 그 말이다.

공주가 이 사실을 안다면 아마 까무러치지 않을까? 그나저나 곰 천 마리를 독살시킬 수 있는 뱀독을 모으려면 대체 뱀을 얼마나 잡았단 말인가? 그리고 그 뱀은 모두 이 소년이 먹지 않았는가?

'이상하네? 보통 이쯤 되면 알아서 쪼그라드는데.'

소년은 모르리라, 자신이 그간 무엇을 드셨는지.

그리고 그 힘이 어디에 고스란히 축적되었는지를 잊고 있었다.

천 년… 정력!

천 년을 써도 마르지 않을 그것을 당분간 써보지도 못할 이 어린것이 보유하게 되었다.

소년이 괴상망측한 고민을 하는 그 시간, 수하들과의 연락이 두절되어 당혹했던 모 집단의 수뇌부가 정신을 차리고 그의 발자취를 쫓고 있었다.

보다 더 강력한 힘으로.

덕후라 부족의 주도.

연합의 수도 반시 헬과 불과 5일 떨어진 이 도시에 딕스와 공주가 도착했다.

폭설 때문에 일정보다 25일이나 늦었다.

소년은 덕후라 부족의 주도로 오면서 작은 마을과 큰 마을, 도시라 불릴 수 있는 곳들을 보았다.

하나하나의 것들이 모여 큰 덩어리가 된 리안 부족 연합은 독자적인 문화와 풍습을 가진 하나의 작은 국가로 봐야 한다.

지금은 그 모습들이 많이 사라지고 희석되었지만 아직까지는 한두 가지의 특징을 각각의 부족에서 발견할 수 있다.

이곳 덕후라 부족의 특징은 여자들의 옷차림에서 쉽게 찾을 수 있다.

화려한 수실을 치렁치렁 늘어뜨린 고깔모자와 늘어진 소매는 이곳 여자들의 안전과 생활을 위해 고안된 이들의 전통 의상이다.

과거엔 실용적이었던 것이 현대에 와서는 우아하고 멋스러운 패션 아이템으로 활용됐다.

과거 자신들의 어머니, 그 어머니의 어머니들이 왜 고깔모자를 쓰고 소매가 늘어진 옷을 입고 다녔는지에 대해서 요즘 사람들은 아무 관심이 없다.

그저 고깔모자의 수실 종류와 색, 소매에 새겨진 무늬에만 관심이 있을 뿐이다.

"저 여잔 수실이 발뒤꿈치까지 오네, 헐."

여자들의 고깔 끝에 달린 수실은 비싼 실크다.

저 수실로 옷을 만든다면 아동복 상하의 한 벌은 족히 만들 수 있을 것이다.

소년이 보기에는 참으로 무가치한 일에 돈을 쓰는 것같이 보인다.

그리고 늘어진 저 소매!

저 불편한 소매를 일일이 신경 쓰면서 밥 먹는 여자를 보고서 소년은 혀를 찼다

먹는 사람도 불편하겠지만 보는 사람이 더 답답하다.

뭐, 덕후라 부족의 남자들은 별생각 없어 보이지만.

"딕스, 그렇게 보면 안 돼. 실례잖아."

식당에서 식사하는 여자들을 힐끔거리는 그의 행동에 공주가 따끔하게 충고한다.

그러자 소년은 그게 무슨 말도 안 되는 이야기냐는 표정으로 조금은 퉁명스럽게 대꾸했다.

"실례는 무슨… 오히려 안 봐주는 게 실례지. 누나, 생각해 봐. 누나가 예쁜 옷 입고 화장도 멋지게 했어. 그리고 거리에 나왔어. 그런데 사람들이 소 닭 보듯 해봐. 누나는 기분이 어떻겠어?"

"그, 그건 남자들의 잘못된 생각이야. 여자들이 자기만족을 위해 좋은 옷을 입고 화장을 할 수도 있다고는 왜 생각하지 않니? 너도 남자라고 꼭 답답한 남자들처럼 이야기하는구나. 딕스, 그런 생각은 버려."

공주의 말에도 소년은 납득할 수 없었다.

"그럼 여자들은 남자의 시선을 전혀 신경 쓰지 않는데도 좋은 옷을 입고 화장을 한다는 거야? 그건 궤변이라고 생각해."

공주의 말문이 막힌다.

그녀는 그저 다른 사람이 식사하는 장면을 노골적으로 인상 쓰며 바라보는 소년의 행동을 지적했을 뿐이다.

그랬는데 소년이 죽자고 덤벼든다.

세상엔 알아도 모른 척해야 할 것이 있고, 몰라도 아는 척해야 하는 경우가 있다.

특히 여자와 관련된 일들에 대해서 남자들은 되도록 모른 척해야 한다.

물론 대다수의 남자들이 그 이유를 진짜 모른다.

가르쳐주면 그 순간, '아 그렇구나!' 라고 생각하다가도 곧 잊어먹는다.

그럼에도 여자들은 이런 남자를 좋아한다. 그래야 건수를 잡으니까.

여자에게 건수가 잡힌 남자는 늘 피곤하고 빈곤하다.

그럼에도 남자는 여자라면 환장하고 지가 잡아먹는 거라고 전공처럼 떠벌리고 다닌다.

실제 따지고 보면 지가 잡아먹히는 건데 그걸 또 모른다.

"딕스."

"응."

"넌 남자 같은 여자가 좋니? 여자 같은 여자가 좋니? 질문 그대로야, 다른 의미는 없어. 말해봐."

어떤 남자들은 여자들을 군대에 보내야 한다고 말한다.

그래, 그들의 주장대로 십 대 후반에서 이십 대 초반의 젊고 싱싱한 여자들을 몽땅 군대에 쑤셔 넣어보자.

곧 세상엔 젊고 예쁜 여자가 주위에서 사라진다.

…좋으니?

군대 다녀온 남자들은 꽉 늙어서 돌아온다.

사람들은 이때부터 이들을 본격적으로 아저씨라 부른다.

그럼 군대 다녀온 여자들은? 그렇게 보면 남자들은 모두 무쯤 있는 거친 아줌마와 결혼해야 한다.

…좋냐?

이 얼마나 비통한 일인가.

그리고 비극이 거기서만 그친다면 다행일 것이다.

태어날 아이들은? 그 애들이 뭔 죄라고 든든한(?) 아버지 둘과 살아야 하는데! 자고로 애들은 솜이불처럼 부드럽고 포근한 엄마 품에서 자라야 하지 않겠는가.

남자 같은 엄마가 아니라 여자 같은 엄마.

엄마를 생각하면 늘 가슴 쩡한 그런 어머니가 우리에겐 있어야 한다.

'괴, 굉장히… 암울한 세상이 되겠구나.'

공주의 말을 들으니 왠지 슬퍼지는 딕스다.

그리고 소년은 자신의 실수를 깨달았다.

여자들은 지금처럼 살아야 한다.

그녀들을 남성화시켜서는 안 된다.

그건 남자들의 자폭이다.

그리고 결혼한 여자들을 보라, 그들은 참으로 고생이 많다.

그 대표적인 예가 자신의 어머니가 아닌가.

한 치 앞도 못 내다보는 아둔한 자의 잡소리였음을 딕스는 시인했다.

또, 왜 한때 그 말에 깊은 공감을 표했는지 소년은 이 순간 후회했다.

소년에게 깨달음을 준 공주는 부드럽게 웃으며 그의 접시에 직접 썬 음식을 올려준다.

깨달음에 대한 공주의 포상이다.

"먹어."

"…아, 예에."

여자는 남자가 이해할 수 없는 지금의 상태로 보존되어야 한다.

우리는 결코 우리의 엄마를 잃어서는 안 된다.

"밥 먹고 우리 훈 언덕에 가지 않을래?"

"거긴 왜요?"

"도심이 한눈에 다 내려다보이는 전망대가 있대. 듣기로 이곳의 야경이 참 멋지다고 하더라."

소년은 탐탁지 않은 표정을 짓는다.

계획대로라면 한 시간쯤 뒹굴다 완전 마력 문장 수련을 할 생각이었다.

힘이란 갖출수록 좋은 법이다.

더욱이 지금은 앞날을 예측할 수 없다.

시바온 부족 내에서 성물인 피닉스의 왕관에 대한 단서나 혹은 그 물건을 찾게 된다면, 지난 3백 년간 연합인들의 자존심에 큰 상처를 낸 범인이 바로 시바온 부족이 된다.

이는 저들도 알고 있을 것이다.

그러니 시바온 부족에 잠입해서 성물을 찾는 행위는 어느 한쪽을 완전히 죽여놓는 전쟁이라고 봐야 한다.

전쟁에는 죽음이 수반된다.

소년이 조바심까지 내며 강해지려는 것은 바로 이 때문이다.

동원할 수 있는 모든 자구책을 세워두어야 한다.

물론 공주도 대책을 마련했을 것이다.

지금까지의 모양새를 보면 충분히 알 수 있다.

하지만 모든 걸 그녀에게 다 내맡길 수는 없다.

남자라면 자신의 몸은 자신이 지켜야 하지 않겠는가.

'시바온에 잠입하면 그때부터는 살얼음판을 걷는 심정일 테지.'

서커스단을 이용해 자연스럽게 그들과 접촉한 뒤 저들의 마법부에 들어가고자 했던 계획은 벨쟈키를 침공한 몬스터로 인해 무산됐다.

다른 방법을 강구해야 한다.

하지만 그 일은 공주가 알아서 할 일이다.

연합의 수도 반시 헬에 가까워질수록 긴장하는 공주의 모습을 그는 엿볼 수 있었다.

겉으론 아닌 척하지만 그녀 역시 이번 계획의 최대 분수령이 될 시바온 부족과의 일을 두려워하고 있는 것이다.

"좋겠네, 빨리 먹고 가자."

어차피 갈 거면 좋은 모습을 보이며 가야 한다. 그래야 일상이 편해진다.

명성을 가진 자에겐 별호가 붙는다.

이름 앞에 별호가 붙은 자에게 사람들은 두려움, 혹은 경의를 표한다.

여기, 중소 부족의 족장쯤은 언제든 오라 가라 할 수 있는 남자가 있다.

남자의 이름은 파울.

그러나 사람들은 그의 이름만 부르지 않는다.

사람들은 그를 이렇게 부른다.

전격의 파울.

"어서 오십시오, 단장님."

어둠이 깔린 덕후라 부족의 주도에 십여 명의 남자가 들어왔다.

연합 내 부족 전쟁이 사라진 지 오래라 주도를 통하는 사대문이 닫히는 경우는 거의 없다.

중년의 남자는 곧장 본론으로 들어간다.

"삼남의 충복은?"

그의 성격을 알기에 살갑게 인사한 자는 일말의 머쓱함도 내비치지 않는다.

"시내 중심가에서 놓쳤습니다. 놈을 추적하던 수하 일곱이 이곳에서 당했습니다. 마지막 일곱 번째 희생자를 끝으로 추적 향도 지워졌습니다."

"골치 아픈 놈이군. 하긴, 신중한 카티온이 직접 뽑아 보낸 인물이니 당연하겠지."

전격의 파울, 그의 입에서 거론된 카티온은 야니시아 부족의 전 족장이 후계로 임명한 자다.

현재 카티온은 충복을 원로원에 파견한 뒤 자신의 추종자들과 함께 파잔 요새에 들어가 때를 기다리고 있었다.

이제 그때가 무르익어가는 중이다.

전격의 파울이란 고비를 그 충복이 무사히 넘겨준다면 말이다.

"그리고 그 꼬마와 여자도 이곳에 있습니다."

"보고는 받았다. 꼬마의 위치는?"

"훈 언덕 전망대에 있습니다."

"이상하군."

파울이 자신의 턱을 가볍게 쓸며 의문을 드러냈다.

그 묵직한 음성과 분위기에 보고자는 긴장한다.

이런 그의 긴장감은 눈에 띄지 않는 곳에 은신한 자들 역시 느끼고 있었다.

"무엇이 말씀이십니까? 단장님."

"그 꼬맹이, 그 충복의 연막일 수도 있다는 생각이 들어서 말이다."

파울의 말에 보고자는 불신을 드러낸다.

그 꼬마, 딕스를 잡으러 간 십 조와 십삼 조 단원 스물네 명전원이 증발(?)했다.

부랴부랴 이 사건을 알아봤지만 아무것도 얻지 못했다.

알아낸 것이라곤 한 마을이 완전히 지도상에서 사라졌다는 것과 사라진 그 마을에서 단 네 명만이 걸어 나갔다는 게 고작이다.

그리고 그중 두 명이 이 도시에 있다.

"단순한 연막이 수하들 스물네 명이 사라진 것과 연관이 있다는 건 말이 되지 않습니다."

"그건 알아보면 알겠지. 일단 삼남의 충복부터 찾는 것이 급선무다. 그 꼬맹이는… 살아 있는 상태로 데려와. 실종된 자들에 대한 단서를 꼬맹이가 가지고 있을 수 있으니까."

명령을 내린 파울은 삼남의 충복을 직접 찾으러 도심으로 진입했고, 남은 자들은 파울에게 보고한 자를 따라 훈 언덕 전망대로 급히 움직였다.

덕후라 부족의 주도를 한눈에 내려다 볼 수 있는 훈 언덕 전망대.

이곳은 언제나 사람들로 바글바글한 곳이다.

한데 오늘따라 유독 사람들이 보이지 않는다.

"이곳이 유명한 장소가 맞긴 맞아?"

딕스가 고개를 갸웃거리며 공주에게 묻는다.

공주도 딱히 아는 게 없다. 소문만 들었으니 어찌 알겠는가.

"날씨가 추워서 그런가?"

"그래도 그렇지, 반 시간 동안 겨우 사람 하나 구경하는 유명 장소가 세상에 어디 있어?"

이름난 잔치 배고프다는 말이 있다.

기온이 작용하더라도 그렇지, 훈 언덕 전망대가 그처럼 유명하다면 최소한 10분에 한 번은 사람을 봐야 하지 않는가.

더구나 호칭은 언덕인데 막상 올라와 보니 어지간한 동네 뒷산보다 높다.

'이게 산이지 어떻게 언덕이야! 젠장, 산은 보라고 있는 건데. 우라질.'

그녀가 아이쇼핑을 즐기며 길바닥에 뿌린 그 시간만 없었어도, 혹은 찬바람 제대로 얻어맞고 한참을 쌕쌕거리며 걸어오지만 않았어도 허허 웃을 수 있다.

그냥 경치만 보고 내려가면 되니까.

하지만 앞서 거쳐 온 그녀의 행위들로 인해 도저히 화가 나서 참을 수 없다.

길치도 아니면서 왜 길을 뱅뱅 돌아간단 말인가.

쇼핑을 할 거면 쇼핑을 하든가!

관광을 할 거면 관광을 하든가!

왜 사람 힘들게 병행해 피를 말리는가.

생각하니 또 울컥 올라오는 소년이다.

그렇다 보니 표정과 말투에 짜증과 삐딱함이 묻어나지 않을 수 없다.

"분명 여기가 전망대 맞는데, 이상하네?"

휘이잉.

썰렁.

으스스.

"그냥 여관 옥상에서 봐도 됐잖아, 야경은!"

욱한 마음에 소리부터 질러 버린 소년이다.

자극을 주면 반응이 있게 마련이다.

내내 미안한 마음을 갖고 있던 공주에게 딕스의 태도는 훌륭한 자극제가 되었다.

"네가 오고 싶어 했잖아!"

"내가? 내가 언제?"

어처구니없는 이 상황에 기가 막힌 소년이 두 눈을 휘둥그레 뜬다.

그러다 공주의 얼굴을 제대로 보게 되었다.

공주의 코끝이 빨갛다. 몸이 몹시 추우니까 얼른 따뜻한 곳으로 가자는 재촉의 신호다.

딕스는 그녀의 추위를 막아줄 수 있었지만 짜증이 치밀어 자신의 체온만 보존(?)했다.

감기를 중병처럼 앓아 주변 사람을 걱정과 피곤에 빠뜨리는 그녀다.

하지만 다행히 이곳은 도시다.

아무 병원이나 잡아서 던져 주면 그만이다.

돈이야 그녀에게 넘치도록 있으니 무슨 걱정이란 말인가.

따지듯 묻는 소년을 향해 공주는 억울한 표정으로 말한다.

그녀의 설명을 듣고 있자니 훈 언덕 전망대를 자신이 먼저 오자고 강요한 것 같단 생각이 든다.

적반하장과 세뇌.

공주의 주특기가 아닐까 싶다.

헷갈려 하는 표정인 딕스를 향해 공주가 쐐기를 박는다.

"…그리고 이 말 기억하지? 네 입으로 한 말이니까 기억하겠지. '좋겠네, 빨리 먹고 가자!' 분명 네가 이랬어. 설마 이것도 기억나지 않는다고는 못하겠지?"

어차피 고생할 거 웃으면서 하자는 심정으로 분명 그렇게 말했다.

하지만 그 말이 왜 이 상황을 공주를 유리하게 만드는 증거가 되는 것인지 딕스는 혼란스러웠다.

말로는 이길 수 없었다.

순간 울컥한 소년이 공주를 본다.

제대로 말싸움해 봐! 아니, 하지 마! 그녀는 여자고 넌 남자잖아! 게다가 그녀는 공주라구!

그의 내면에서 악마 딕스와 천사 딕스가 머리끄덩이를 잡고 싸운다.

현명하고 지혜롭고 상냥하고 착한 여자도, 성질 사납고 머리 나쁘고 입이 험한 여자도, 여자는 여자다. 여자가 일단 억지를 부리면 남자는 결국 이기지 못한다.

더욱이 그녀는 소년이 감히 범접할 수 없는 직장 상사가 아닌가.

'내가 나라 하나 세우든 해야지 서러워서 못살겠네.'

마음을 진정하기 위해 소년은 그녀에게서 몸을 돌렸다.

그 순간 공주의 얼굴에 미안한 표정이 떠오른다.

바람에 묻히는 한숨이 그녀의 입에서 짧은 시간 쉴 새 없이 흘러나온다.

두 사람이 연인이었다면, 이런 장면이 연출되지 않았을까?

—오빠, 삐쳤어? 아잉, 미안, 미안.

—미안한 걸 알긴 알아?

—계속 화낼 거야? 자꾸 그러면 나 집에 갈 거야.

—헉! 무슨, 나 화 하나도 안 났어!

남자의 종족 번식 본능을 이용하는 여자들의 고도의 술수! 하지만 두 사람은 그런 관계가 아니기에 다정한 말다툼도 화해도 없이 서로 꽁할 수밖에 없었다.

"내려가자."

공주가 이리 말하며 앞장서 걷는다.

소년은 화가 났기에 금방 따라가지 않는다.

그렇게 남자로서의 자존심을 지키려던 소년의 얼굴이 순간, 크게 경직된다.

길 양옆에서 남자들이 뛰어나와 공주를 제압한 것이다.

순식간에 벌어진 일이었다.

'젠장, 오늘 가지가지 하네.'

열 받아 죽기 직전에 나타난 놈들이다.

그래, 오늘 제대로 푸닥거리해 보자!

"반. 가. 워. 요! 여러분."

빠직.

제8장

병맛 소드마스터!

난데없이 나타나 공주를 제압해 포로로 잡은 놈들.

딕스는 이들이 도시의 하이에나—불량배—라 여겼다.

그래서 옳다구나 싶었다. 소년은 공주에게 받았던 정신적 피로감을 가학적인 방법을 통해 놈들에게 풀려고 했던 것이다.

하지만 놈들은 단순한 불량배가 아니었다.

놈들의 무기와, 겉옷 안쪽의 동일한 색상과 디자인의 셔츠를 보고 소년은 이를 알아차렸다.

긴장감이 딕스의 얼굴을 채운다.

"조용히 따라오는 게 신상에 좋을 것이다!"

푸근한 인상의 옆집 아저씨처럼 생긴 자의 나직한 협박에 소년은 냉큼 '예, 목숨만 살려주세요. 아저씨!' 라 말하며 따라 붙었다.

이는 적의 방심을 유도하기 위한 고도의 술수였다.

'기회를 봐야 한다, 기회를!'

딕스의 두 눈과 머리는 이 순간 영활하게 돌아가고 있었다.

공격할 확실한 기회를 잡기 위해 그는 뜸을 들였다.

하지만 이는 그의 실수였다. 얼마 후 그는 자신의 술수에 자신이 넘어간 것을 깨닫게 된다.

한 남자를 보았다.

분위기가 묘한 남자였다.

그 남자에게서 은연중에 흘러나오는 기운은 딕스에게 큰 충격을 주었다.

'달아나야 한다!'

본능이 미친 듯이 딕스에게 소리쳤다.

그리고 소년은 이를 충실히 따랐다.

뱀독은 남자에게 통하지 않았고 죽음의 물 덩이를 뒤집어 썼음에도 남자는 무사했다.

오히려 더 팔팔한 모습으로 칼을 휘둘렀다. 그 칼은 무엇으로 만들어졌는지 돌이며 나무며 쇠붙이며 닿는 족족 다 잘라냈다.

물론 남자의 칼이 신검이 아님은 안다.

저런 능력을 발휘하는 자들이 있다는 것도 알고 있다.

하지만 아는 것과 직접 겪는 것은 천지 차이다.

더군다나 하필 그런 자들, 즉 소드익스퍼트 중에서도 상위 1%에 들어간다는 자를 만났다.

세상은 그들을 소드마스터라 부른다.

'제길! 병맛이네.'

마스터라는 작자들은 인간이 아니다.

그건 신이 실수로 만든 사기 캐릭터다.

지금 딕스는 그 사기 캐릭터에게 쫓기는 중이었다.

혼자가 아니라 공주까지 대동하고서 방울 소리를 요란하게 울리며 죽을힘을 다해서 뛰었다.

소년은 알지 못했다. 이 뜀박질이 그에게 새로운 시작을 알리는 것임을.

"저, 전격의 파울이라니… 야니시아에 있어야 할 그가 왜?"

"그게 지금 중요한 게 아니잖아? 우린 지금 그 괴수 같은 자에게 잡히면 뼈도 못 추릴 거야!"

눈물이 소년의 앞을 가린다.

역시 뜸을 들이는 게 아니었다.

기회가 있을 때 전광석화처럼 움직여야 했었다.

그러나 후회는 늘 때늦게 하는 법이다.

소년과 공주는 지금 쓰레기 더미에 숨어 있었다.

악취가 코를 찔렀지만 이를 불평할 처지가 아니다.

생과 사의 기로에서 어찌 감히 이를 불평하겠는가.

오히려 고마운 장소다. 이 쓰레기 더미가 있었기에 놈들의 추격을 잠시나마 따돌릴 수 있었다.

공주는 여전히 전격의 파울을 보았다는 충격에 빠져 헤어 나오지 못했다.

안타깝고 화나지만 소드마스터가 대단은 하다.

세상에 그런 말도 안 되는 막강한 인간이 존재하다니! 어찌 그를 인간이라 부를 수 있으랴.

'오, 오줌까지 지렸네.'

한숨 돌리다 보니 자신의 실례를 그제야 깨닫는다.

쪽팔린다.

그나마 오줌은 지렸지만, 피는 지리지(?) 않았다. 옷은 빨고 몸은 씻으면 그만이다.

덜덜덜.

놈은 공포다.

저지할 수도 없고 맞서 싸울 수도 없는 자에게 목숨의 위협을 받는 건 마치 눈 뜨고 제 몸의 살이 한 점 한 점 포 뜨이는 걸 지켜봐야 하는 기분과 유사했다.

소년은 오늘 평생 지울 수 없는 트라우마를 받았다.

이 쓰레기 더미 밖 저 어두운 거리에서 놈은 수하들과 함께 자신과 공주를 찾고 있다.

이곳이 확실한 안전지대라면 지독한 냄새가 나는 이곳에서도 웃으며 살 수 있을 것 같다.

'육로를 이용한 탈출은 어렵다. 더는 놈도 나를 평범한 꼬맹이로 보지 않아. 세 번은 속였지만… 네 번은 자신 없다.'

소년은 지금 공주와 살을 맞대고 그녀의 숨결을 귀로 받고 있다.

천 년 정력의 소유자인 소년에게 이런 상황은 폭발적인 발기로 이어질 상황이다.

하지만 지금은 그것이 쪼그라들어 몸속으로 들어가기 일보 직전에 있었다.

전격의 파울, 소년이 처음으로 만난 생각지도 못했던 거대한 벽이었다.

"딕스, 미안해. 내가 널 데려오지 않았다면 이런 일은 없었을 텐데."

내일 뜨는 해를 보지 못할 수 있다.

이를 의식한 공주가 유언처럼 그에게 말했다.

그녀는 소년과 붙어 있는 몸의 접촉면을 통해 그가 드러내고 있는 공포를 선명하게 느끼고 있었다.

이 모든 게 공주는 자신의 책임처럼 느껴졌다.

딕스는 그녀의 말에 발끈했다.

"공주님 잘못이 아니에요. 그러니까 쓸데없는 소리는 마세요. 지금은 어떻게든 살아남을 방법을, 그것만 생각해요."

병맛 소드마스터에게서 벗어나는 방법.

과연 있을까? 머리통이 터지도록 생각했지만 떠오르지 않았다.

그때 전망대에서 봤던 거대하고 시커먼 뱀(?)이 생각났다.

도시 남쪽 구역을 관통하던 큰 강줄기.

육로로 빠져나갈 수 없다면 수로를 이용하면 된다.

배를 타고 도시를 빠져나갈 거냐고? 천만에, 그런 평범한 방법으로는 절대 그자의 손을 벗어날 수 없다.

'젠장, 강바닥을 걸어가게 생겼구나.'

소년은 특별한 물의 견습 마법사로 그에게 물은 든든한 아군이자 힘이다.

이 힘이 있었기에 가공할 능력을 가진 전격의 파울에게서 한 번도 아닌, 무려 세 번을 달아날 수 있었다.

"공주님, 아까 전망대에서 강물 봤죠?"

두 눈을 반짝이며 삶의 의지를 놓지 않고 붙잡고 있는 소년.

그 두 눈이 지금 활활 불타오르고 있었다.

공주는 소년의 두 눈에서 희망을 느꼈다.

전격의 파울 같은 자의 손아귀에서 세 번이나 벗어난 존재다.

처음엔 재치 있는 슬기, 두 번째와 세 번째는 본인의 실력으로 당당히.

소년의 신체는 지금 극심한 공포를 보이고 있다.

공주는 이를 느끼고 있었다.

소년의 떨림과 쥐고 있는 미지근하고 축축한 그의 젖은 바지가 이를 방증한다.

공주는 자신이 쥐고 있는 소년의 바지를 더럽다고 여기지 않았다.

이런 상태임에도 불구하고 그는 자신을 버리지 않았다.

이는 그녀에게 큰 감동이었다.

딕스를 작고, 귀엽고, 애교 많고, 착하고, 순진하며, 놀라운 재능을 가진 시골 아이로만 여겼던 공주는 오늘 그에게서 남자를 느꼈다.

어떤 위기에서도 자신을 지켜줄 수 있는 든든한 남자로.

위기 상황에서 그 사람의 성격을 알 수 있다면 이 소년, 아니, 이 남자는 진짜배기다.

"봐, 봤어……."

"추워요? 말을 왜 갑자기 더듬거려요."

감기를 중병처럼 앓는 여자다.

도망자 신세에 환자까지 데리고 움직인다는 것은 정말 힘들다.

소년의 손이 공주의 이마를 무단 점령한다.

이에 공주가 화들짝 놀라 얼굴이 마치 여명처럼 붉어진다.

'아씨, 또 감기야?'

소년은 뒷골이 당겼다. 병이 상황을 고려해서 오는 것이 아니니 그녀를 탓할 수 없지만, 감기 든 지 한 달도 안 지났는데 또 오는 건 뭐란 말인가.

공주의 열기와 혈색을 오해한 소년은 마음이 무거워졌다.

"아냐, 아무것도. 네가 말한 강줄기는 다리에 강이야. 주도의 남쪽 구역을 관통해서 연합의 서남 깊은 내륙까지 흘러."

"많이 아네요?"

"채, 책에 다 나와 있어."

또 말을 더듬으며 고개를 돌리는 공주를 보고 소년은 그녀가 역시 감기에 걸렸다고 생각했다.

그리고 이 상황을 그녀도 알기에 차마 표현은 못 하고 숨기는 것이리라, 그리 여겼다.

'당장은 이곳을 빠져나가는 게 급해. 미안하지만 좀 참아줘요, 공주님. 힘들더라도.'

서너 시간 전, 훈 언덕 전망대에선 그녀에게 화가 났었다.

지금은 언제 그랬냐는 듯 공주가 몹시 걱정스럽기만 했다.

하긴 지난 몇 개월을 가족처럼 지내며 생사고락을 함께했으니 정이 안 들면 그게 어디 사람일까.

내 가족은 내가 지킨다!

가족의 범주에 공주를 넣었기에 딕스는 결코 좌절도 포기도 하지 않는다.

포기란 육신에서 숨이 끊어지고 난 뒤에 깊이 생각해도 늦지 않다.

"공주님은 너무 완벽하세요. 어떻게 약점이 없죠? 누가 공주님의 남편분이 되실지 모르겠지만 그분은 행운아일 거예요. 자, 이제 그 행운아의 행운을 조금만 받아서 이곳에서 빠져나가요."

몸이 아프니 기분이라도 좋게 해야 한다.

이것이 현재 소년이 공주에게 해줄 수 있는 최선이었다.

"칫, 거짓말. 아까 전망대에서 내게 화냈잖아."

"그건 제가 철딱서니 없는 애라서 그렇죠. 헤헤."

공주를 위로하기 위해 억지로 웃고 말도 하다 보니 어느새 딕스 본인의 두려움도 많이 풀어졌다.

두려움은 긴장을 낳는다. 긴장은 경직을 낳고, 경직은 실수로 이어진다.

현 상황에서 실수는 치명적이다.

두 사람의 작은 교감의 이 시간은 의외의 행운을 가져다주었다.

이들의 동선과 추적자들의 동선이 운 좋게 겹치지 않게 된 것이다.

"열네 살은 더 이상 애가 아니지……."

"공주님께 그런 말 들으니 기분이 좋아지네요, 헤헤."

"칫, 그런데 아까부터 호칭이 왜 공주로 돌아왔어?"

"그러게요, 저도 긴장 많이 탔었나 보네요."

"뭐, 이것도 나쁘지 않네. 만날 누나라고 불리니까 어쩔 땐 내가 너의 친누나 같단 느낌도 많이 들었었는데. 지금은… 음, 좋네."

…음, 좋네? 대체 이건 무슨 의미에서 한 말일까? 그리고 저 눈동자의 떨림과 회피는?

이를 생각할 겨를이 없는 딕스다.

그는 곧 진지하게 본론으로 들어갔다.

지금부터 위험한 모험을 감수해야 한다.

"다리에 강을 이용해 이곳을 탈출할 생각이에요. 여기서 다리에 강변까지 얼마나 될까요?"

"정상적인 길로 가면 십오 분쯤 걸릴 거야."

15분… 피를 말리는 시간이 될 것이다.

벌써부터 소년의 손에 땀이 찬다.

몹시 불안했지만 이를 떨치고 최대한 움직여야만 했다.

'전격의 파울 씨, 조금만 기다려. 내가 피똥을 싸다 죽는 한이 있더라도 열심히 수련해서 더 강해질 테니까. 그래서 오늘의 이 쪽팔림과 수모를 꼭, 꼭 보답할게. 믿어도 돼, 내가 엄마 이름 걸고 맹세했으니까. 그러니까 그때까지 어디 가서 뒈지지 말고 잘살고 있어, 병맛 아저씨.'

공포가 힘들다, 벽이 두렵다, 트라우마에서 헤어나기 어렵다.

그렇다면 차라리 그것을 증오하자!

소년은 지금 조용하게 그 내면에서 증오를 키우고 있었다.

그러자 놀랍게도 몸과 마음이 안정된다.

"가요."

전격의 파울은 황당하다 못해 지금의 현실이 도무지 믿어지지 않았다.

다른 이도 아닌 한낱 꼬맹이에게 당했다.

영악하고 대범한 참으로 맹랑한 꼬마였다.

그냥 성격만 그런 꼬마라면 좋겠지만, 그 못지않게 출중한 실력까지 갖추고 있었다.

덕후라 부족의 주도가 한눈에 내려다보이는 전망대에서 어두운 도심을 바라보는 파울의 표정은 이로 말할 수 없을 만큼 복잡했다.

목표로 했던 삼남의 충복은 잡았지만 놈에겐 물건이 없었다.

사람을 보면 그 사람이 어떤 부류의 인물인지 감이 온다.

파울이 봤을 때 삼남의 충복은 어떤 고문에도 버틸 수 있는 정신력을 갖고 있었다.

같은 사내로서 그런 자는 존경받아 마땅하다.

그래서 파울은 그 사내에게 명예로운 죽음을 선사했다.

그때까지만 해도 파울은 무게감이 느껴지는 카리스마로

전신을 휘감고 있었다.

한데 딕스를 만나면서 이것이 무너졌다.

이는 그가 생애 처음으로 마주한 당혹감이었다.

"단주님."

"찾았느냐?"

"죄, 죄송합니다."

파울을 바라보는 수하의 눈빛이 흔들린다.

오랫동안 이 남자를 곁에서 보좌한 수하는 오늘처럼 노골적으로 자신의 감정을 드러내는 그를 처음 보았다.

표현은 하지 않았지만 이 수하는 내심 놀라고 있었다.

"흠, 내 그런 아이가 세상에 존재할 줄은… 휴우. 그래, 그아이들의 숙소는 살펴봤느냐?"

"샅샅이 뒤졌지만 물건을 찾지 못했습니다. 물건이 그 아이에게 있었다 하더라도 지금은 다른 이의 손에 넘어간 게 아닐까 합니다. 그 아이들의 몸에도 그 물건은 없었으니까요."

착 가라앉은 수하의 음성에 파울이 인상을 찌푸린다.

삼남의 일을 맡으면서부터 일이 이상해지더니 지금 와서는 완전히 꼬여 버렸다.

"카티온의 충복에게 다른 협력자는?"

"파악이 힘듭니다."

"하아, 여기서 반시 헬까지 오 일이다. 원로원에 그 물건이들어간다고 가정하면 늦어도 열흘 안에 사달이 나겠구나."

파울의 말에 수하는 입을 다물었다.

전격의 파울, 그는 오늘 제대로 물먹었다. 그것도 어린아이에게. 그를 아는 자들에게 오늘 일은 충격이 아닐 수 없었다.

"공자님들께 이를 알려야 하지 않겠습니까? 그분들도 대책을 세우셔야……."

"됐다."

"예?"

"원로원이 움직이면 야니시아는 카티온의 것이다. 그들에게 더 이상 협력할 이유가 우리에겐 없다."

파울은 소수 부족 자이라의 현 족장으로 그의 바람은 부족의 합법적인 자치권이다.

자이라 부족은 다른 소수 부족의 경우처럼 야니시아 부족이 힘으로 병합한 경우다.

때문에 자이라 부족은 연합에 그 이름도 올라가 있지 않고, 그곳의 족장인 파울은 족장이란 이름으로 불릴 수도 없었다.

그래서 그의 부족원은 공식적인 자리에선 야니시아 부족이 파울에게 제수한 관직명으로 그를 불렀다.

파울은 부족이 앞으로 더 커나갈 수 있는 발판이 될 자치권을 얻기 위해 삼남의 이복형제들을 도왔다.

한데, 결실을 맺지 못했다.

열매를 맺지 못하는 과실수는 베어 장작으로 써야 한다.

파울은 대세가 삼남에게 넘어갔음을 인정하고, 그의 이복 형제들과 손을 끊기로 했다. 열정적으로 했던 일이 물거품이 되자 파울은 의기소침해지지 않을 수 없었다.

"수하들을 철수시키겠습니다."

"가라, 가서 내 뜻을 카티온에게 전해라. 난 당분간 할 일이 있다."

"무슨?"

"잡아다 쓰면 괜찮을 인재를 보았지 않느냐. 그럼 당장 잡아야지."

소년은 파울에게 증오를 품었지만 파울은 소년을 탐나는 인재로 보았다.

이제 두 사람의 쫓고 쫓는 치열한 경주만이 남았다.

지쳐 잠든 딕스의 얼굴을 물끄러미 바라보는 엘리자베스 공주.

두 사람은 덕후라 부족의 주도를 기상천외한 방법으로 빠져나와 어느 이름 모를 숲으로 들어왔다.

물속을 걸어왔기 때문에 이곳에 대한 정보는 백지였다.

정보를 쥐고 이를 분석한 뒤, 그에 합당하다 여기는 최상의 행동을 해오는 게 몸에 붙은 공주에게 이런 유의 상황은 감당하기 벅찬 스트레스였다.

하지만 그 스트레스가 꼭 나쁘지는 않았다.

'편안하구나.'

모닥불이 타닥거리며 불씨를 날린다.

불씨는 투명한 물의 막에 닿자 곧 사그라졌다.

한겨울 숲 속에서 모닥불 하나 의지한 채 모포도 없이 밤을 보내는 건 자살행위다.

하지만 그 미친 행위가 한 소년에 의해 가능해졌다.

이중의 물의 막.

그것이 야영을 가능하게 한 것이다.

'자면서도 이런 일이 가능하다니. 대체 딕스는 사람이 맞긴 한 걸까?'

알면 알수록 이 소년의 정체에 대해 미궁에 빠지는 느낌을 공주는 지울 수 없었다.

고대에 살았던 신수 드래곤이 아닐까? 수만 년을 살았다던 그 마법의 생명체는 엄청난 일을 해냈다고 한다. 그리고 이를 주제로 한 다양한 소설이 나왔고 연극에도 자주 등장한다. 물론 그 생물체는 인간이 아니었기에 대부분 용사나 영웅이 마지막에 쓰러뜨려야 하는 최종 보스로 등장하곤 했다.

가끔 생각이 독특한 작가들이 드래곤을 미화해 글을 적는다.

드래곤과 인간의 로맨스? 이 얼마나 웃기는 일인가.

생각해 보라.

당신은 당신이 즐겨 먹는 소나 돼지나 닭과 사랑에 빠질 수 있는가? 그들과 잠자리가 가능하겠는가?

이 작품을 공주는 무려 열 번이나 읽었다.

대중적으로 인기를 끈 이 작품을 대중의 지도자가 될 자신의 신분을 생각해서 손가락 발가락이 모두 오그라들었지만 보았다.

대중을 움직인 작품이니 뭔가 있을 것이라 믿었다.

끝끝내 그녀는 그 작품을 납득하지 못했다.

당시 그녀의 나이 4세.

참고로 딕스는 공주의 그 나이 때 똥오줌도 못 가렸고, 밤마다 부모님 사이에 누워야 겨우 잠드는 겁쟁이였다.

이 때문에 소년은 집안의 막내가 될 수 있었다.

'그는 혹시 유희에 나선 드래곤 같은 신비의 생물체가 아닐까?'

군대의 행군엔 복병이 있고, 인생엔 항시 모순이 있으며, 계획엔 늘 변수가 등장한다.

이를 얼마나 잘 대처하느냐에 따라서 승리와, 부귀영화와, 성공이 좌우된다.

하지만 복병이, 모순이, 변수가, 드래곤이라면?

북북.

잠자던 딕스가 바지 속으로 손을 넣고 북북 긁는다.

소년은 요즘 거기에 털이 나기 시작하면서 간지러움을 많이 타고 있었다.

깨어 있었다면 이런 짓은 절대 하지 않을 것이다.

하지만 잠결이라 공주 앞에서 이러한 만행을 저지른다.

발그레.

이를 보고 놀란 공주는 황급히 손으로 입을 틀어막았다.

콩콩, 콩콩.

공주의 심장이 미친 듯이 또 뛴다.

누가 보면 어쩌나 하는 쓸데없는 걱정과 두려움에 공주는 재빨리 주변을 둘러보기 시작했다.

다행히 지켜보는 자는 없었다.

생각해 보니 없다는 게 더 무섭다.

깜깜하고 지나치게 조용하다.

나무 사이로 부는 바람이 꼭 억울하게 죽은 여인의 한 서린 울음소리 같다.

나뭇가지에 쌓인 눈이 가끔 후드득 떨어지는 소리는 사신의 발걸음을 연상시킨다.

슬금슬금.

겁이 살짝 난 공주는 딕스의 옆으로 다가간다.

대자로 쭉 뻗은 소년의 팔 하나를 공주는 잠시 빌리기로 했다.

공주는 소년의 팔에 머리를 대고 누웠다.

그러곤 앞으로 조금씩 저도 모르게 소년의 품속으로 이동했다.

쌔근쌔근, 두근두근.

세상의 모든 소리가 소년의 숨소리와 심장 소리로 채워졌다.

좀 전에 느꼈던 쓸쓸함과 두려움이 거짓말처럼 공주에게서 사라졌다.

그때 소년이 잠결에 공주를 끌어안았다.

깜짝 놀란 공주는 비명을 지를 뻔했다.

이래도 되나 싶을 만큼 심장이 미친 듯이 뛰었다.

한편으론 소년이 자신을 상대로 장난치고 있을지도 모른다는 생각이 들었다.

그의 품이 나쁘지는 않지만 그런 장난으로 자신을 안는 것이라면 맹세하건대 죽여 버리리라.

혼란한 표정의 공주가 고개를 들어 딕스를 본다.

이 행동은 지금의 그녀에게 무척이나 고되고 힘든 작업이었다.

겨우 고개를 들어 소년을 훔쳐본 공주는 여전히 깊은 잠에 빠져 있는 그의 모습을 발견했다.

울컥한 기분이 거짓말처럼 가라앉았고 마음은 만족과 평안함으로 차올랐다.

조국의 독립, 왕권의 강화를 이루면 그때서야 느껴보지 않을까 싶었던, 가슴이 아니라 머리로 생각했던 그 감정의 차오름을 그녀는 지금 여기서 느꼈다.

'…어째서, 지금이지?'

공주는 갑자기 무서워졌다.

이대로 그의 품에 안겨 있다간 조국도 자신도 잊어버려도 좋겠다는 생각을 할 것 같았다.

이는 자신의 가족과 인생을 송두리째 버리는 일이다.

'피곤해서일 거야. 피곤해서… 잠시 마음이 약해진 것뿐이야. 너무 많은 일을 겪었잖아? 오늘 밤만, 딱 오늘 하룻밤만 이대로…….'

공주는 딕스의 품속으로 파고들어 몸을 최대한 움츠린 채 그가 자신을 편안하게 안을 수 있도록 했다.

그녀의 본능적인 행위에 소년은 무슨 좋은 꿈을 꾸는지 활짝 웃었다.

헤에~

수하들을 부족으로 돌려보낸 파울은 독자적으로 딕스를 추격했다.

그는 소년을 찾아낼 자신이 있었다.

육감 각인, 혹은 직감 각인이라고 불리는 마스터의 기술을 발동했기 때문이다.

마스터의 신체를 붕괴시킬 만큼 강력한 적에 한해서 이 기술은 발동되고 완성된다.

파울의 경우 마스터가 된 이후 지금까지 딱 세 번의 육감 각인이 일어났다.

그 세 번째가 딕스다.

마스터를 위협한 14세 소년이라…….

역사에 기록될 사건이 아닐 수 없다.

아무튼 파울이 훈 언덕 전망대에서 도심을 내려다보고 있었던 이유가 바로 이 때문이다.

보다 확실한 느낌을 알기 위해서였다.

그리고 그곳에서 파울은 확신을 얻었다.

소년을 자신이 완벽하게 각인했음을.

'이상하군, 배도 뜨지 않았는데 어찌 강을?'

파울은 느긋하게 소년을 추격했다. 그는 서두르지 않았다.

파울은 노를 저으며 딕스와의 첫 만남을 회상했다.

딱히 할 일도 없다.

"당신이 이놈들의 두목이냐?"

어린 소년이 대뜸 자신을 보고 내던진 말이었다.

하룻강아지, 파울은 딕스를 그렇게 생각했다.

그때 파울이 바라는 바는 오직 하나, 삼남이 충복에게 맡겨 보낸 전 족장의 유언장과 족장령을 찾는 것이었다.

소년이 그것을 순순히 내어준다면 관용을 베풀어 살려줄 마음을 먹었다.

"그렇다네, 소년."

"말투가 별로네. 뭐, 좋아. 날 여기 데려온 이유를 설명해봐. 빨리 하는 게 좋을 거야. 오늘 내 기분이 몹시 안 좋거든, 아저씨."

"하하하하."

파울은 딕스의 담대함이 무척이나 보기 좋아서 큰 소리로 웃었다.

성인 남자라 할지라도 검날처럼 예리한 전사 수십 명의 눈총을 받으면 이처럼 호기를 부릴 수 없다.

한데 겨우 열한두 살쯤으로 되어 보이는 소년이 이처럼 당당하니 그 태도가 마음에 쏙 들었다.

남자라면 의당 죽음이 목전에 있어도 당당함을 잃지 않아야 한다는 것이 평소 파울의 지론이었다.

안타깝게도 그렇게 교육시킬 아들자식이 없었기에 그는 아들이 있는 부하들에게 늘 이 점을 강조했다. 그런데 자신이 이상적으로 생각하는 사내아이가 눈앞에 있었다.

이때만 해도 파울은 소년을 대수롭지 않게 생각했고, 모든 상황이 절대적으로 자신에게 유리하다고 믿었다.

"왜 웃지, 아저씨? 사람 기분 나쁘게."

"미안하군, 너의 이름이 딕스라고 들었다. 나도 그 이름을 가진 이들을 여럿 알지. 그게 본명인가?"

"아저씨부터 먼저 이름을 밝혀봐. 그래야 가끔 오늘 일을 기억하며 이름이라도 떠올려 줄 거 아냐."

내년 오늘이 너의 제삿날이다!

어이없게도 소년의 표정과 태도는 그렇게 말하고 있었다.

파울은 그 모습도 보기 좋았다.

그래서 그는 자신의 이름을 순순히 밝혔다.

그가 먼저 자신을 소개한 경우는 흔치 않다.

"그렇다면 정식으로 소개하지. 하지만 이 소개가 끝난 후 나의 태도는 공적으로 딱딱한 자세가 될 걸세. 그러니 소년도 그에 상응하는 마음의 준비를 하게나."

딕스는 굉장히 못마땅한 눈으로 파울을 보았고, 파울은 그 눈빛도 즐겁게 받아들였다.

소년의 태도는 파울이 바라는 완벽한 아들 상이었다.

가능하다면 솔직히 양자로 삼고 싶었다.

"내 이름은 파울, 자이라 출신이네."

"자이라… 자이라… 파울! 다, 당신, 전격의 파울인가요?"

사람들은 야니시아의 파울은 알아도 자이라의 파울은 알지 못했다.

한데 이국의 소녀가 이를 알고 있자 파울은 처음으로 소년 옆에 있는 공주에게 관심을 보였다.

그러나 그의 느긋함과 흡족한 기분은 딱 여기까지였다.

자신이 마스터임을 알게 된 소년은 여전히 호기를 잃지 않았다.

투지가 들끓는 쌈닭 같던 모습이 급격히 진중해졌을 뿐

이다.

물에서는 가벼워야 하고 바람이 많이 불 때는 무거워야 한다.

이를 지키지 않는 자의 결말은 늘 비극적이다.

그 점에서 딕스의 태도는 파울의 마음을 흡족하게 했다.

이렇듯 딕스는 의도치 않게 파울에게 여러 번 호감을 샀다.

이후 파울은 삼남의 충복 이야기를 했고 소년은 진지하게 이를 듣더니 허점을 찾을 수 없는 완벽한 얼굴로 협상을 제안했다.

우리는 그 삼남의 충복이란 자에 대해서 전혀 알지 못한다.

가는 목적지까지의 여행 경비를 줄 테니 물건을 잠시 맡아 달라고 했고 그래서 잠시 맡고 있었을 뿐이다.

그 물건이 그렇게 위험한 것인 줄 알았다면 절대 맡지 않았을 것이다.

이제 그 물건의 위험을 알았으니 돌려주겠다.

소년이 너무도 진실되게 말했기에 파울은 이를 믿고 수하 몇을 붙여 물건을 가져오도록 했다.

소년은 이런저런 이유를 갖다 붙이며 소녀와의 동행을 요구했고, 혹시 모를 사태를 대비해 소년의 몸에 추적 향을 묻혀 두었기에 파울은 이를 허락했다.

이것이 소년의 잔꾀임을 당시 파울은 알지 못했다.

이는 소년의 첫인상에 흠뻑 빠진 파울의 명백한 실책이었다.

실수를 했으니 책임지고 이를 만회하면 된다.

이미 추적 향까지 몸에 묻혀놓았으니 그물에 걸린 물고기 신세다.

이것이 딕스가 파울에게서 빠져나온 세 번의 탈출 중 첫 번째다.

'잔꾀에 밝은 아이인 줄만 알았지, 그 실력이 나의 육감 각인까지 발동시킬 줄이야.'

당시 파울은 십 조와 십삼 조의 수하들과 연락 두절 상태였지만 그들의 실종 배경에 딕스가 있을 것이라고는 상상조차 못했다.

두 번째 사건과 조우하기 전까지는.

잔꾀로 자신의 손을 벗어난 딕스와 공주는 한 시간 만에 막다른 골목에서 파울과 다시 만났다.

이는 파울이 의도적으로 이들을 막다른 곳으로 몬 것이다.

파울은 그때 소년이 특별한 재능자임을 알게 되었다.

건물 좌우에서 물줄기가 세차게 뿜어졌고 거대한 물줄기에 파울과 수하들은 피할 틈도 없이 갇혔다.

몸속으로 파고들어 오려는 강력한 의지가 물에 깃들어 있었다.

경이와 두려움이 함께 찾아오는 경험이었다.

이 역시 파울에겐 흔치 않은 일이었다.

다른 그 무엇도 할 수 없게 만드는 상황이었다.

마스터의 기술, 전 방위 실드!

내부에서 폭발적으로 뿜어져 나간 그 힘으로 물 덩이를 간신히 해체할 수 있었다.

승리자의 표정을 지으며 그들을 바라보던 소년의 얼굴이 순식간에 새파랗게 질렸다.

당장 소년을 잡으려 했지만 파울은 그렇게 하지 못했다.

좌우 건물 외벽이 일제히 무너지기 시작했기 때문이다.

그 순간은, 소년이 땅의 견습 마법사를 겸하고 있는가?라는 말도 안 되는 생각을 했을 정도였다.

하지만 그 현상은 건물 내부의 물이 일제히 빠져나오면서 오래된 외벽이 견디지 못하고 무너진 것뿐이었다.

그 기회를 빌려 소년은 달아났고 부하들을 구출하느라 파울은 그를 쫓을 수 없었다.

이것이 두 번째.

황당함을 넘어서 분노를 느꼈던 순간이었다.

그리고 마지막으로 인파가 많은 도심 한복판에서 소년과 다시 직면했다.

옆에 얼어붙은 분수대가 눈에 거슬렸지만 상대가 평범한 아이가 아닌 것을 알았고 대응할 수 있는 방법도 있었다.

그때 누런 바늘 같은 것들이 마구잡이로 쏟아졌다.

설마 그 바늘이 독액이었을 줄이야!

거대한 물 덩이가 온몸을 감싸는 것만 생각했지 독액으로 만들어진 바늘을 날려 보낼 것이라곤 상상조차 못했다.

물의 마법사가 물이 아닌 독액을 이처럼 응축해 날린다는 이야기는 경험이 풍부한 파울 역시 들어보지도 못한 것이었다.

어처구니없게도 마스터 파울은 또 당하고 말았다.

여기에 무너질 마스터가 아니다.

그는 급히 몸속에 들어온 독을 몰아내는 것에 성공했지만 소년을 또 놓치고야 말았다.

자신에겐 추적 향이 있으니 걱정하지 않았지만, 그 추적 향이 거짓말처럼 사라졌다.

그 짧은 시간에 추적 향을 지우기는 불가능하다.

파울은 몰랐지만 그때 딕스는 자신들이 쉽게 노출된다는 것에 의문을 품었고, 엘리자베스 공주가 추적 향에 대해 말해 줬다.

그래서 둘은 악취가 심한 쓰레기 더미 속으로 과감하게 뛰어들었다.

연거푸 딕스를 놓친 파울은 내심 적잖은 충격과 혼란을 느꼈다.

그러나 그 모든 것을 압도하는 한 가지는 인재에 대한 욕심이었다.

그래서 그는 수하들을 불러들여 이 일에서 손을 떼게 했다.

이 덕에 딕스와 공주는 무사히 다리에 강까지 갔고 도시에서 탈출할 수 있었다.

"음, 저쪽인가 보군."

저기 어둠에 잠긴 숲이 보인다.

노가 힘차게 움직인다.

쿵!

공주가 머리를 바닥에 찧고 비명을 지른다.

"앗!"

딕스의 팔을 베고 깊은 잠을 자다 갑자기 당한 봉변이다.

공주의 머리를 바닥에 찧게 한 소년은 이를 전혀 의식하지도 못했다.

왼팔에 쥐가 난 게 이상했지만 그저 잠을 잘못 자서 그렇겠거니 하고 넘어간다.

지금은 이보다 더 중요한 일이 있었다.

'놈이다! 놈이… 오고 있어!'

찌릿찌릿!

딕스는 잔뜩 긴장한 고슴도치처럼 가시를 발딱 세운 채 도약하기 직전의 개구리 자세가 되었다.

그 자세로 그는 마나의 척후가 전해오는 보고를 듣고 있었다.

놈이 온다.

지금 이리로, 정확하게! 새벽부터 ×됐다.

두근두근.

자신을 씹어 먹을 듯 노려보았던 그 무시무시한 마스터가 자신의 덜미를 붙잡으러 온다.

그자에게 잡혔다간 자신의 가늘고 하얀 모가지는 닭 모가지 비틀 듯 손쉽게 쭉 뽑혀 버릴 것이다.

쿵쿵, 쿵쿵.

심장이 뛴다.

전신에 소름이 돋는다.

어쩌다 팔자에도 없는 도망자 신세가 됐을까? 이게 다 큰 형의 편지 때문이다.

아니다, 고향으로 가는 경비를 아끼려고 했던 게 어쩌면 근본적인 실수였을지도 모른다.

공주의 손만 덥석 잡지… 아니, 물지만 않았어도.

그러고 보니 자신은 완전 미끼를 문 물고기였다.

잡힌 물고기는 죽는다.

비늘이 칼에 쓸려 나가고, 배는 갈라져 내장은 박박 긁혀 버려지고, 대가리는 두어 번 칼질에 댕강 떨어지고, 요리 종류에 따라 뼈가 발릴 수도 있다.

어디 그뿐이랴. 기름에 튀겨질 수도 있고 삶아질 수도 있으며 짜고 맵고 느끼한 양념에 푹 재워질 수도 있다.

그리고 그보다 더 끔찍한 건 살아 있는 상태에서 횟감으로 쓰일 때다.

'제길, 그러고 보니 물고기… 졸라 불쌍하잖아!'

자신의 처지를 물고기와 비교해 보니 정말 눈물 나게 그 인생이 불쌍하다.

물고기는 그냥 물에서 살게 내버려 두지 왜 잡고 지랄일까? 나쁜 낚시꾼들.

긴장을 풀기 위한 소년의 사고 회로가 한참을 그렇게 발동한다.

뿌드득.

"디, 딕스… 왜 그러니? 나쁜 꿈이라도 꿨니?"

좀 전 머리를 찧은 일이 황당하고 화났지만 공주는 이를 내색하지 않았다.

그녀는 지금 남의 팔을 무단 임대한 죄로 소년의 눈치를 보기에 급급하다.

두근두근.

공주는 소년이 자신을 헤프고 이상한 여자로 보면 어쩌나 싶어 그에 대한 변명거리로 99개의 대답을 만들어두었다.

"쉿! 놈이에요. 전격의 파울이란 자가 이리로 오고 있어요."

소년은 그녀를 돌아보지도 않고 무거운 어조로 말했다.

"파, 파울이?"

"예, 아우, 돌덩이에 눌렸나? 팔에 난 쥐가 풀릴 생각을 안 하네."

제 팔을 이리 만든 범인이 공주임을 모르는 딕스는 팔에 난 쥐를 쫓기 위해 연방 팔을 주물러댔다.

공주는 자신의 머리통을 비하하는 소년에게 화가 났지만 이를 따질 수 없었다.

부글부글.

그녀의 속이 끓는다.

하지만 그녀는 이를 말할 수가 없었다.

여기서 그 어떤 말이라도 했다가는 자신은 돌덩이를 달고 다니는 여자가 되기 때문이다.

그러니 자존심을 지키기 위해서라도 입을 봉인할 수밖에 없다.

"당분간 왼팔은 못쓰겠네. 젠장, 그래도 오른팔이 아닌 게 어디야."

이 멋진 놈, 이 상황에서도 긍정을 잃지 않다니.

"공주님은 입에 쥐 났어요? 아, 그러고 보니 아까 비명을 언뜻 들은 것 같았는데 혹시 공주님이?"

딕스의 얼굴에서 공주는 그가 자신이 한 일에 대해 전혀 모르고 있다는 것을 알 수 있었다.

하지만 저 녀석은 전격의 파울 같은 자도 눈 한 번 깜빡이지 않고 속여 버리는 놀라운 사기꾼의 재능을 갖추고 있었다.

이를 몰랐다면 모를까, 그걸 두 눈 뜨고 잔뜩 긴장해서 지켜본 공주는 그때의 상황을 하나도 빠짐없이 기억한다.

그러니 소년의 표정과 행동을 보고 100% 신뢰할 수는 없다.

그가 작정하고 자신을 놀린다면 그게 장난인지 아닌지 알 수 없기에.

'딕스, 장난이면… 정말… 아프게 때려줄 거야!'

속상한 마음에 공주는 눈물이 핑 돌았다.

아니, 정확하게 말하면 부끄러움에 쥐구멍이라도 파고 들어가서 평생 나오고 싶지 않았다.

안타깝게도 그녀는 쥐가 아니라 사람이다.

"야옹, 야옹."

어떻게 해서든 쥐 난 팔을 풀어보려고 여러 민간요법(?)을 행하는 딕스다.

순간 쥐가 되고 싶었던 공주는 딕스의 '야옹'으로 인해 더 속상하고 화가 났다.

팽 토라진 공주를 보면서도 딕스는 그녀의 속내를 전혀 알아차리지 못했다.

평소의 그였다면 공주의 기분이 나빠진 것을 대번 알아차렸을 테지만 지금 그는 두 가지 악재를 앞두고 있다.

두렵고, 화나고, 짜증나고, 분한 대악재 전격의 파울.

그 전격의 파울로 인해 이 겨울 노숙자가 되어 쥐가 난 왼팔.

이 두 가지가 소년을 눈치 없는 녀석으로 만들어 버렸다.

딕스는 공주의 팔목을 잡았다.

"뛰어요."

몸에 제대로 힘을 줄 수 있게 되자 딕스는 뛰었다.

"흠… 달아난 건가? 설마 마스터만의 육감 각인이 녀석에게도 있나?"

딕스와 공주가 노숙했던 자리.

전격의 파울이 그곳에 나타나 난처한 표정으로 고개를 갸웃거렸다.

충분히 잡을 수 있을 것이라 생각했다.

잡아서 어떻게 할지 다각도로, 다방면으로 깊이 생각했었다.

녀석이 적이라면 가차 없이, 고통 없이 죽여주겠지만 소년은 적이 아니다.

되레 탐나는, 그것도 몹시 탐나는 인재다.

선이 굵직굵직한 파울의 얼굴에 곤란한 기색이 깔린다.

긁적긁적.

"흠, 꽤나 긴 숨바꼭질이 되려나? 뭐, 당분간 할 일도 없으니 세상 구경도 하고 잘됐군."

딕스에게 끔찍한 대악재인 이 양반은 여기서 이런 소릴 하고 있다.

그러곤 씩 웃더니 모닥불을 다시 살려서는 이 이른 시간에 아침밥을 해 먹는다.

47세 중년, 파울에게는 하나의 규칙이 있다.

절대, 절대 아침은 굶지 않는다는 것이었다.

'다 먹고 살자고 하는 일인데, 흠.'

그 시간, 그가 탐내고 있는 인재 딕스는 꽁지에 불붙은 망아지처럼 미친 듯이 달아나고 있었다.

야옹을 외치며.

야~오오오옹!

떠내려가는 나무를 붙잡았다.

마땅한 배가 없으니 이거라도 타고 가야 한다.

덕후라 부족의 주도를 빠져나올 때는 강바닥을 걸어서 탈출했다.

획기적이고 완벽한 탈출 방법이었지만 물속을 걷는 일은 무척이나 힘들었고 또 무서웠다.

물속에서 마나가 바닥나면 그 자리에서 익사를 면치 못하기 때문이다.

최악의 상황이 아니라면 진심으로 피하고 싶은 방법이었다.

다행히 그런 일은 발생하지 않아 이처럼 숨 쉴 수 있었지만.

"타요."

숙녀 먼저.

공주에게 우선 탑승권을 양도한 딕스는 그녀가 자리를 잡고 앉자 그제야 올라탔다.

부러진 나무줄기는 강변에서 강 중심으로 대각선 이동을 한 뒤 물살에 몸을 맡겼다.

딕스의 입에서 그제야 꾹꾹 눌러 참았던 긴장감이 한숨과 함께 토해졌다.

"정말… 전격의 파울, 맞니?"

자다 일어나 한 시간을 미친 듯이 뛰었다.

소년은 영문이라도 알고 있었지만 공주는 아무것도 모른 채 소처럼 그에게 끌려다녔다.

그리고 정신을 차려 보니 나무줄기에 타고 있지 않은가.

안개 자욱한 한겨울의 강에서 정상적인 배도 아니고 지나가는 통나무 하나 잡아타고 간다.

아무리 인생에 변수가 많다지만 이런 황당한 시추에이션이라니.

"맞아요."

"넌 존재감만 알 수 있다며?"

"예."

"그런데 그가 전격의 파울인지 어떻게 아니?"

핵심을 찌르는 공주의 질문에 딕스는 도리어 깜짝 놀란 표정을 지었다.

'어라? 그러고 보니 내가 어떻게 알았지?

끔뻑끔뻑.

존재감 감지법이 한 단계 업그레이드라도 했나 싶어 딕스는 요즘 엉덩이 붙일 새도 없이 바쁜 오메가 핵을 가동시켰다.

그의 마나의 저수지가 부글부글 끓어오른다.

소년은 알지 못했다.

사람이든 돈이든 뭐든─오메가 핵─ 일단 굴리면 새끼─이자─를 친다는 것을.

안 그래도 수련에 열심이던 소년은 전격의 파울 덕분에 이제 24시간 내내 수련하는 자세가 되어버렸다.

덕분에 소년과 오메가 핵은 진짜 피똥을 쌀지 모른다.

그는 두 눈을 감고 물의 척후를 사방으로 보냈다.

사방에서 생명체의 존재감이 느껴졌다.

하지만 그 존재감이 사람인지, 몬스터인지, 동물인지에 대해서는 명확하게 알지 못했다.

'파울은… 느낌이 왔었는데.'

이상하다.

혹시 자신이 착각한 게 아닐까 했으나 그리 치부하기에는 너무나 정확한 느낌이었다.

궁금증을 풀기 위해 지금이라도 되돌아가서 확인해 볼까 하다 그리했다가 정말 파울이면 곤란하기에 참기로 한다.

약자이기에 새가슴이 될 수밖에 없는 소년이다.

육식 동물의 그림자만 봐도, 그 소리만 들어도 일단 튀고 보는 그 생존 본능!

이러한 생명체 고유의 생존 본능이 소년에게 특별한 기적을 만들었다.

딕스의 마나는 파울을 알아봐!

그가 습득한 기술에 굳이 이름을 붙이라면 이게 적당하지 않을까 싶다.

마스터만의 육감 각인과 유사하다. 그것을 좋아해야 할지, 싫어해야 할지.

'…젠장, 슬프다.'

좋고 싫고를 떠나 이 새벽에 야반도주하듯 도망치는 신세가 서글프다.

딕스는 어금니를 꽉 깨물었다.

'해보자 이거지. 끝장을 보자 이거지. 그래, 누가 이기나 해보자. 살아도 내가 당신보다 더 오래 살 것이고 이 나이에

이 능력이면 어디 가도 안 꿀려. 그리고 내가 이대로 고여 썩을 물처럼 보여? 난 강줄기야, 대해로 쭉쭉 달려가는 힘찬 강줄기라고!'

이것저것 다 필요 없다.

파울, 저 병맛 소드마스터 전격의 파울을 기필코 넘어서고야 말리라.

오기와 투지가 소년의 깊은 곳에서 무섭게 들끓는다.

소년은 그 순간 느낀다.

파울의 추격은 일회성이 아니다, 지속적이다.

"딕스, 딕스."

파티장 조명등처럼 색색으로 변하는 딕스의 얼굴색을 보자 걱정이 된 공주가 그를 흔들어 깨웠다.

그제야 정신을 차린 딕스가 공주를 보았다. 그녀를 바라보는 딕스의 눈빛이 혼란스럽다.

"공주님, 제가 놈을 유인할 테니… 혼자 가세요."

"뭐?!"

딕스의 말은 공주에게 충격이었다.

"제 말이 성급했네요. 일단 한 가지 사실을 먼저 확인부터한 뒤에, 이 얘긴 그때 가서 해요."

이리 말한 뒤 딕스는 공주가 한 번도 보지 못했던 표정으로 입을 꾹 닫아버렸다.

그가 풍기는 무게감에 공주는 차마 더 이상 질문을 하지 못했다.

복잡한 심경으로 딕스를 바라볼 뿐이었다.

'딕스……'

『딕스전기』 4권에 계속…

김현우 퓨전 판타지 소설

레드 크로니클
Red Chronicle

『드림워커』, 『컴플리트 메이지』의 작가
김현우가 색다르게 선보이는 자신작!

『레드 크로니클』

백 년의 세월 검을 들고 검의 오의에
다가선 남자 티엘 로운.

모든 것을 베는 그가 마지막으로
검을 휘둘렀을 때
그를 찾아온 것은 갈라진 시공간,
그리고… 자신의 젊은 시절이었다!

"하암, 귀찮군."

검의 오의를 안 남자가 대륙을 바꾼다!
티엘 로운의 대륙 질풍기!

Book Publishing CHUNGEORAM

유행이 아닌 자유추구 -
WWW.chungeoram.com

Sanctum
생텀

이영균 판타지 장편 소설

FUSION FANTASTIC STORY

취재 현장에서 맞닥뜨린 녹색 괴물.
그리고 무혁은 한 번 죽었다.

**죽음에서 깨어난 무혁에게 다가온 것은
숨겨졌던 이세계, 생텀의 존재였다!**

현대에 스며든 악신 투르칸의 잔인한 손길.
생텀에서 온 성녀 후보 로미와 도멜 남작을 도우며
무혁의 삶은 점차 비일상에 접어드는데……

**이계와의 통로는 과연 우연인 것인가?
생텀(Sanctum)의
진정한 의미를 찾아라!**

Book Publishing CHUNGEORAM

유행이 아닌 자유추구
WWW.chungeoram.com

말년병장,
이등병 되다!
에바트리체 장편 소설
FUSION FANTASTIC STORY
대한민국 남자라면 알고 있을 바로 그 이야기!
『말년병장, 이등병 되다!』
전역을 코앞에 둔 말년병장, 이도훈.
꼬장의 신이라 불리던 그가 갑자기 훈련병이 되었다?!
"…이런 X같은 곳이 다 있나!"
전우애 넘치는 군인들의
좌충우돌 리얼 군대 이야기!
Book Publishing CHUNGEORAM
유행이 아닌 자유추구 -
WWW.chungeoram.com

HERO 2300

FUSION FANTASTIC STORY

영웅2300

말리브 장편 소설

「도시의 주인」 말리브 작가의
특급 영웅이 온다!
『영웅2300』

돈 없는 찌질한 인생 이오열,
잠재 능력 테스트에서 높은 레벨을 받았지만

"젠장, 망했어! 되는 일이 하나도 없어!"

하필이면 최악의 망캐 연금술사가 될 줄이야!

그러나 포기란 없다.

최악에서 최고가 되기 위한
오열의 이야기가 시작된다!

Book Publishing CHUNGEORAM

유행이 아닌 자유추구 -
WWW.chungeoram.com

현대백수 장편 소설

FUSION FANTASTIC STORY

간웅

뇌성벽력이 치는 어느 날!
고려 황제의 강인번을 들고 있던
어린 병사가 낙뢰를 맞고 쓰러졌다.

하지만… 다시 눈을 뜬 이는
현대 대한민국에서 쓸쓸히 죽은
드라마 작가 지망생.

**고려 무신 시대의 격변기 속에서 눈을 뜬 회생[回生].
살아남기 위해! 죽지 않기 위해!
그의 행보로 인해 고려는 서서히
변하기 시작하는데……**

치세능신 난세간웅(治世能臣 亂世奸雄)!

격동의 무신 시대!
회생, 간웅의 길을 걷다!

Book Publishing CHUNGEORAM

유행이 아닌 자유추구 -
WWW.chungeoram.com

절정고수들이 하늘 높은 줄 모르고 질주하는 연 세상.
서른여덟 개의 세력이 서로를 견제하는 혼돈의 시대.

그 일족주발의 무림 속에
첫 발을 디딘 어린 소년.

"니는 네가 점창의 별이 되기를 원한다."

사부와의 약속을 지키고
난세로 빠져드는 천하를 구하기 위해
작은 손이 검을 들었다!

박선우 新무협 판타지 소설 FANTASTIC ORIENTAL HE

풍운사일

내일을 향해 쏴라

김형석 장편 소설

FUSION FANTASTIC STORY

1만 시간의 법칙!
'성공은 1만 시간의 노력이 만든다' 는 뜻이다.

그러나…
사회복지학과 복학생 수.
전공 실습으로 나간 호스피스 병동에서
미지와 조우하다.

1만 시간의 법칙?
아니, 1분의 법칙!

전무후무한 능력이 수에게 강림하다!
맨주먹 하나로 시작한 수의
인생역전이 시작된다!

Book Publishing CHUNGEORAM

청어람이미지저작권
www.chungeoram.com